PAUL VALÉRY: A SERPENTE E O PENSAR

augusto de campos

paul valéry:
a serpente e o pensar

3ª EDIÇÃO, REVISTA
São Paulo, 2025

LARANJA ● ORIGINAL

Sumário

tempo
impotente

ser
sempre
rente

serpente

perder
a presa

presente

serpoema (fev. 1957) augusto de campos

a serpente e o pensar

A *imagem da serpente percorre, obsessiva, a obra de Valéry e, de certo modo, a emblematiza. Em* La Jeune Parque *(1917), ela se insinua como projeção da sensualidade – "a serpente interior", como a denomina Edmée de La Rochefoucauld*[1]*: "J'y suivais un serpent qui venait de me mordre". Mas é repelida em prol da imagem dúplice da Jovem Parca, irmã-matriz de um torturado monólogo poético do Eu com a consciência de si mesmo. Já em* Ébauche d'un Serpent *(1921), revestida da simbologia bíblica, a Serpente ressurge, maiúscula – não mais "un serpent", mas "Le Serpent"–, assumindo o papel de protagonista. Antropomorfizada em satã-pensamento, é a própria Serpente que agora monologa, no cenário mítico do Jardim do Éden. O poeta se apropria de sua imagem, utilizando o "topos" da tentação de Eva para um mergulho no universo falaz dos sentidos, através da erotização da linguagem, e os personagens do apólogo religioso para um questionamento implacável da exis-*

[1] Edmée de La Rochefoucauld, *Paul Valéry,* Editions Universitaires, Paris, 1954, p. 34.

tência, que recobre o arquétipo ingênuo da fábula com a reflexão irônica e amarga sobre o Ser e o Nada.

Nos Cahiers – *a secreta aventura intelectual que ocupou a mente de Valéry, de 1894 a 1945 – são numerosas as aparições da serpente-intelecto, "o diabólico chicote de víboras das ideias", que perturba a vigília do pensador. Desdobrada em variantes conceituais, a Serpente é, aqui, essencialmente, a figuração do pensamento levado às últimas consequências, o pensamento que se devora a si mesmo, como a serpente que morde a própria cauda – uma imagem que Valéry chega a usar em uma de suas divisas principais: "Je mords ce que je puis" (Eu mordo o que posso). E conhecido, também, o emblema, desenhado pelo próprio Valéry, da serpente enlaçando uma chave, com as iniciais PV.* Os Cahiers *estão recheados de desenhos, esboços e esquemas em que aparecem serpentes que se devoram, algumas vezes associadas a figuras geométricas e a reflexões de cunho científico. Não é curioso que o químico alemão F. A. Kekulé, o descobridor da fórmula da estrutura molecular do benzeno – uma corrente de 6 átomos de carbono, fechando-se em anel –, tenha afirmado havê-la vislumbrado num sonho em que viu uma serpente comendo a própria cauda?*[2]

A Serpente é, pois, acima de tudo, na simbólica valeriana, o ícone do pensar – uma atividade que ele tentou conduzir aos limites extremos: "Acostumar-se a pensar como Serpente (penser en Serpent) *que se come pela*

[2] Carl G. Jung, *Man and his Symbols,* Dell Publishing Co. Inc., New York, 1964, p. 25-26. David Coxhead and Susan Hiller, *Dreams, Visions of the Night,* Thames & Hudson, London, s/d, p. 16 e 86.

cauda. Pois aí está toda a questão. Eu 'contenho' o que me 'contém'. E eu sou sucessivamente continente e conteúdo". Esse texto, que se encontra num de seus últimos cadernos – à p. 417 do volume XXVIII –, é datado de 1944, um ano antes de sua morte. Uma Serpente que está sempre presente, e que, nas derradeiras anotações que escreveu, o poeta pressente reerguer-se dentro dele, mais viva do que nunca, a "morder o seu coração e a moer, entre as espiras, o seu peito" (Cahiers, *1945, v. XXIX, p. 838). Impotência e infinito.*

Há quem afirme ser a serpente, desde a Antiguidade, um símbolo da sabedoria, como o indicaria o nome grego ophis *(serpente), um quase-anagrama de* sophia *(sabedoria)*[3]*. Eu me pergunto se Valéry não teria consciência de que a palavra* penser *é um palíndromo silábico de* serpent*. Já vimos essas duas palavras associadas à imagem da víbora que devora a própria cauda, no primeiro excerto citado. Em outro texto ainda – embora nele não se inscreva a palavra* serpent *– o seu espelho palindrômico,* penser, *vem acoplado ao desenho da cobra que se devora e às imagens de curvas terminando em setas com movimentos contrários: "se parler, c'est penser qu'on parle, mais c'est parler qu'on parle, mais c'est parler ce qu'on pense".* (Cahiers, *1940-1941, v. XXIV, p. 99)*

Por fim, à p. 157 do Caderno *XXVIII (de 1943-1944), deparamos com um gráfico do tempo, onde a palavra* présent *aparece ligada à ideia de "locomoção em sentido*

[3] Luc Benoist, *Signes, Symboles et Mythes,* Presses Universitaires de France, Paris, 1975, p. 93.

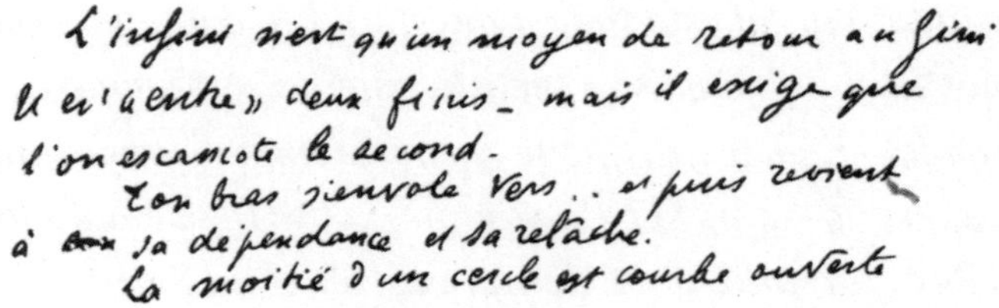

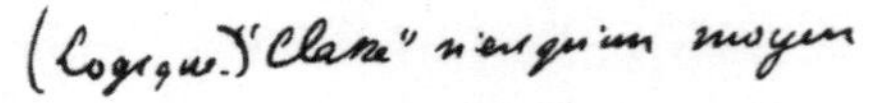

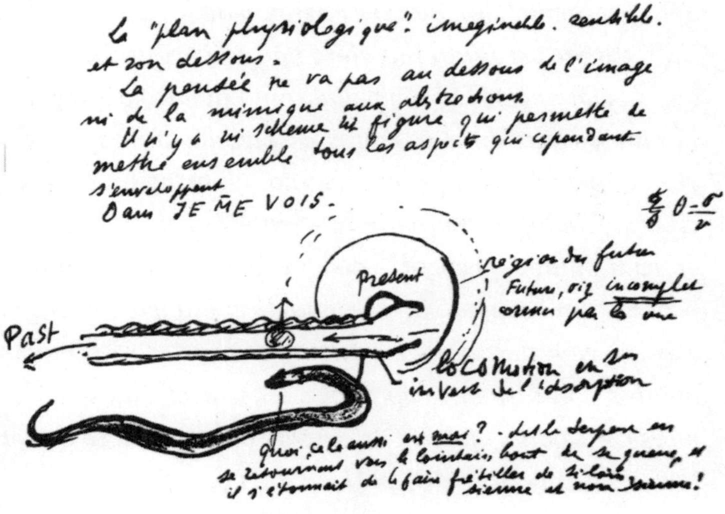

*"Como? Isto também sou eu? – disse a Serpente retorcendo-se para a ponta longínqua de sua cauda, e ela se espantava de fazê-la remexer-se de tão longe, sua e não sua!" (*Cahiers, *1944, v. XXVIII, p. 157)*

inverso", em direção ao passado, dentro de uma curva de movimento contrário; logo abaixo, o desenho de uma serpente que olha para trás, para a sua cauda, com a seguinte legenda: "Como? Isto também sou eu?" Não seria lícito vê-la – à palavra présent *–, em tal contexto, como um anagrama de* serpent?

Os textos aqui reunidos – a tradução de Ébauche d'un Serpent *e os fragmentos extraídos dos* Cahiers *– querem montar um ideograma do poeta-pensador ao pensador-poeta*

SERPENT: PENSER
PRÉSENT: SERPENT

buscando capturar algo da grandeza do extraordinário escritor que, no dizer do labiríntico Borges, "personifica os labirintos do espírito".

Augusto de Campos
1982

esboço de um esboço

Iniciado em 1916 e publicado, em primeira versão, na *Nouvelle Revue Française,* n. 94, de julho de 1921 (pp. 5 a 17), o poema “Ébauche d’un Serpent” (Esboço de uma Serpente) reapareceu, em 1922, em edição autônoma. Valéry intitulou-o então “Le Serpent” (NRF, Gallimard). No mesmo ano, passou o poema a figurar na coletânea *Charmes,* com o título original, que afinal veio a prevalecer.

Foi um dos 335 exemplares de “Le Serpent”, na edição Gallimard, que Joyce recebeu de Valéry, em Paris, com uma dedicatória especial. Sob a sua assinatura o poeta desenhara, em torno do título impresso, uma serpente mordendo a própria cauda, com a divisa “Je mords ce que je puis” (Eu mordo o que posso).[4] Joyce parece ter tido uma estima particular pelo poema. Em suas memórias da famosa livraria Shakespeare and Company, Sylvia Beach relembra que, em 1936, numa das sessões literárias por ela promovida para angariar fundos, Valéry leu, “at

[4] Bernard Gheerbrant, *James Joyce – Sa Vie, son Œuvre, son Rayonnement* (Catálogo comentado da biblioteca pessoal de Joyce), La Hune, Paris, 1949. O livro de Valéry está catalogado sob o n. 578.

Joyce's special request", o poema "Le Serpent".[5] Eliot também o apreciava.[6]

Robert Monestier assim resume a temática do poema, dedicado a Henri Ghéon, "poeta e dramaturgo que se convertera ao catolicismo": "Valéry parte de um mito bíblico – o Demônio, sob a forma de uma serpente, que ele reveste, segundo a Gênese, no Jardim do Éden, censura a Criação, porque ela é um erro de Deus, um "defeito na pureza do Não-ser": ela destrói a eternidade e a unidade de Deus. Ele odeia o homem e o perverte, insinuando-lhe o Orgulho, para vingar-se do Criador. Com júbilo amargo, rememora como seduziu Eva. E desafia a Árvore do Conhecimento a dar outra coisa que não sejam frutos de morte...[7]

Para Pierre-Olivier Walzer[8], a obra – toda ela, com exceção de cinco versos, constituída pelo monólogo da Serpente – se divide em três grandes partes: julgamento das obras de Deus (I-XII); recordação da queda da primeira mulher (XIII-XXVII); invocação à Árvore do Conhecimento; e conclusão (XXVIII-XXXI). Os números romanos correspondem às estrofes, não numeradas no poema.

[5] Sylvia Beach, *Shakespeare and Company*, University of Nebraska Press, Lincoln and London, 1980, p. 210.

[6] Segundo anota William York Tindall (*Forces in Modern British Literature*, Alfred A. Knopf, New York, 1947, p. 273), Eliot escreveu um prefácio para a tradução de Mark Wardle de "Le Serpent". O texto se intitula "A Brief Introduction to the Method of Paul Valéry". A edição, de apenas 525 exemplares, foi publicada em Londres por R. Cobden-Sanderson, em 1924.

[7] *Charmes*, Nouveaux Classiques Larousse – edição organizada por Robert Monestier, Librairie Larousse, Paris, 1975, p. 83.

[8] Pierre-Olivier Walzer, *La Poésie de Valéry*, Pierre Cailler Editeur, Genève, 1953, p. 302 e seq.

Conforme assinala o mesmo autor, "... o que pretendeu o poeta foi realizar uma peça num tom totalmente novo, perpetuamente sarcástico na primeira parte, muitas vezes suave na segunda, servindo-se de todos os artifícios da palavra, refinamentos, cortes e suspensões, alusões, trocadilhos, repetições, aliterações, tropos, imagens, disparates, todos os recursos em que o Sedutor é grande mestre. Seu monólogo passa por todos os estágios da voz humana, da ternura à cólera, do desafio à hipocrisia, da eloquência à persuasão, da tristeza ao orgulho, do grito à argumentação, numa ironia quase contínua. Deste ponto de vista, é o mais rico poema de *Charmes*."

Em sua minuciosa análise do poema, Walzer põe em foco a linguagem "proteiforme" da Serpente valeriana, expressa, formalmente, pela mobilidade das cesuras e dos cortes, pela variedade das rimas, cruzadas ou enlaçadas em diversas combinações, até reduzirem-se a apenas duas ou três nas estrofes XXI, XXIV e XXVI, quando se atinge o clímax obsessivo da sedução, e ainda por numerosos outros efeitos particulares, como a pontuação enfática (84 pontos de exclamação; salvo cinco, todas as estrofes terminam por um sinal desse tipo) e as aliterações sobrecarregadas, tendo como dominantes a sonoridade vocálica em *i* (nas rimas, sobretudo) e a sonoridade consonantal em *s*, que marcam a "sibi-lação irônica da Serpente", às vezes dissimulada pelo jogo mais doce de outros amálgamas sonoros.

Pierre Guiraud, comparando o uso da rima entre os poetas Du Bellay, Ronsard, Racine, Lamartine, Musset, Vigny, Hugo, Verlaine e Valéry, demonstrou que, de todos, é Valéry o que apresenta o maior índice de rimas ricas, sobressaindo "Le Cimetière Marin" e "Ébauche d'un Serpent" como os poemas mais típicos dessa prática. Segundo Guiraud, há um certo número de poemas que parecem ter sido construídos sobre as rimas as mais ricas possíveis de cada série (exemplo: *connaître – non être,* em "Ébauche d'un Serpent"). "*O esboço de uma Serpente,* em particular" – afirma ele –, "que parece um desses exercícios, tem o aspecto de verdadeiros *bouts-rimés.*"[9]

Percorrendo sinuosamente as 31 décimas octossilábicas do poema, a fala da Serpente é toda ela uma sucessão de coleios verbais, mosqueados de rimas raras e de equívocos fônicos, onde se insinuam, numa mistura ambígua de discurso filosófico e de sonoridades concentradas, a derrisão, a paródia, a caricatura, o joco-sério. Sob o ângulo puramente formal, o virtuosismo das construções perfeitas se evidencia a partir da microestrutura: "No *Cemitério marinho,* recordo-me que formei ou coloquei *estrofes* como se faz com massas, cores ou átomos (em uma molécula)" – observa o poeta nos *Cahiers* (1940, XXIII, pp. 205-206), registrando à margem: "o mesmo, na *Serpente*". De outro lado, no âmbito semântico, um sarcasmo implacável. Em carta a Alain (4/1/1930), afirma que sua intenção, no que respeita ao "Esboço de uma Serpente", foi "um monólogo burlesco", e acrescenta: "Todo o trabalho muito difícil desse poema é baseado

[9] Pierre Guiraud, *Langage et Versification d'après l'Œuvre de Paul Valéry,* Librairie C. Klincksieck, Paris, 1953, p. 116-124.

em mudanças de tom. Exagerei de propósito assonâncias e aliterações".

Um "exagero" capaz de levar a inauditas orquestrações. A partir da primeira linha do poema ("Parmi l'arbre la brise berce"), que lembra as "ouvertures" do supremo artífice provençal, Arnaut Daniel ("En breu brisara·l temps braus,"). Capaz de modelar até mesmo o silêncio em suas sutilezas sonoras ("Mille silences ciselés", ou "Quel silence battu d'un cil !"). Em meio aos ruídos dissonantes e aos esgares grotescos da paródia bíblica, em que se entrechocam o Ser e o Nada, adquire marcante expressão o episódio da Sedução de Eva (estrofes XIII a XXVII) – uma incursão no domínio da sensualidade, transferida para o campo verbal (sem esquecer que, para Freud, a serpente é o mais importante dos símbolos fálicos). Através de uma admirável fusão de *sons* e *sens*,[10] o discurso sibilino dessa Serpente sensória – "reptile aux extases d'oiseau" (réptil com êxtases de ave) – persegue inflexivelmente a sua presa, envolvendo-a numa rede de sons aliciatórios, a que não falta o próprio espelhamento do nome de Eva ("ces évasives couleuvres", "l'oisive et l'Ève suave", "Qui jeta l'Ève en rêveries"), e criando uma atmosfera de tensão tão penetrante que chega a configurar a presença ou onipresença da serpente como "o aroma de um pensamento":

[10] Cf. estas reflexões extraídas dos *Cahiers:* "Le poème, cette hésitation prolongée entre le son et le sens". (1912, I, 12, IV, 782). "La poésie n'est en verité que le sensuel du langage." (1928-1929, AC, XIII, 345). "*Le son du sens* et *le sens des sons* agissent." (1933-1934, XVII, 21).

J'etait présent comme une odeur,
Comme l'arôme d'une idée
Dont ne puisse être élucidée
L'nsidieuse profondeur !

Presente, ali, como um odor,
Como o aroma de um pensamento
Que não encontra um tradutor
Na profundez do seu intento!

Sublinhe-se que "présent" pode ser lido como um anagrama, a assinalar, aqui, ironicamente, a presença difusa da serpente ("serpent") valeriana.

O tema da supremacia do Não-ser, que atinge o seu clímax na terceira e na última estrofe ("l'univers n'est qu'un défaut / Dans la pureté du Non-être" e "l'étrange / Toute-Puissance du Néant"), é a moldura existencial do poema e tem funda ressonância no pensamento de Valéry, num arco de 30 anos. "Je me dis, avec mon Serpent, que l'être est un défaut dans la pureté du Non-être", dizia Valéry no penúltimo dos seus *Cahiers* – o n. XXVIII, p. 89, em 1944. Numa reflexão encontrada no Caderno H-12 (n. IV, p. 734), datado de 1912, ele já pensava assim: "Toute la création n'est qu'un léger *défaut* dans la pureté du néant – une paille, une bulle, *là*. – J'aurai pu écrire : Tout l'Être", ou: "l'Être et aussi – : n'est qu'une légère imperfection dans la transparence du néant".

O que nos permite organizar o seguinte quadro do percurso do pensamento de Valéry e suas variantes:

Cahier IV (1912)	*Toute* la *création* n'est qu'un *léger défaut* dans la *pureté* du néant.

ou

Tout l'Être / *L'Être* >	n'est qu'une *légère imperfection* dans la *transparence* du *néant*.
Ébauche d'un Serpent (1921)	*l'univers* n'est qu'un *défaut*. Dans la *pureté* du *Non-être*.
Cahier XXVIII (1944)	*l'être* est un *défaut* dans la *pureté* du Non-être.

e sugerir mais de uma opção para a tradução dos dois últimos versos da terceira estrofe de "L'Ébauche d'un Serpent", observadas as exigências métricas do poema:

> "*Que l'univers n'est qu'un défaut*
> *Dans* la *pureté du Non-être.*"
>
> Que o < mundo / ser > é apenas um defeito
> Ante a pureza do Não-ser.
>
> Que o < mundo / ser > é apenas um defeito
> Na plenitude do Não-ser.

ou, como queria Valéry, "na transparência do Não-ser".

"Viver parece-me um erro metafísico da matéria, um descuido da inação." – assim o diria, também, num fragmento de 12/6/1930, Fernando Pessoa, designando-o para as páginas dispersas do *Livro do Desassossego*, do seu heterônimo Bernardo Soares, "espectador irônico de si mesmo".[11]

Em sua primeira versão, publicada na NRF, "Ébauche d'un Serpent" não continha a última estrofe. Valéry preferira concluir o poema na estrofe anterior com a imagem – para ele obsedante – da serpente que morde a própria cauda:

Tu peux repousser l'infini
Qui n'est fait que de ta croissance,
Et de la tombe jusqu'au nid
Te sentir toute Connaissance !
Mais ce vieil amateur d'échecs
Dans l'or oisif des soleils secs,
Sur ton brancage vient se tordre,
Et parmi l'étincellement
De sa queue éternellement
Eternellement le bout mordre...

Podes refugar o infinito,
Que é feito só do teu crescer,
E da tumba até o ninho aflito
Te sentires toda Saber!
Mas o amador de frutos pecos
No ouro ocioso dos sóis secos,

[11] Fernando Pessoa – *Livro do Desassossego*, por Bernardo Soares. Recolha e transcrição dos textos: Maria Aliete Galhoz e Teresa Sobral Cunha. Prefácio e organização: Jacinto do Prado Coelho. *Fragmento 156*. v.o, I, p. 174. Lisboa, Ática, 1982.

Em teu tronco se vem torcer,
E entre a cintilação tremente
De sua cauda eternamente
Eternamente o fim morder...

Na versão definitiva, as três linhas finais desta estrofe foram substituídas por outras. Mas, mesmo cancelada, a imagem circular da serpente-pensamento não deixa de estar presente. Pois o poeta volverá, na estrofe acrescida, ao tema da terceira estrofe, repensado em fórmula inversa: antes, o universo (o Ser), defeito do Não-ser; agora, o Nada, estranhamente todo-poderoso, exaltado até o nível do Ser. Uma forma de pensar circuloviciosa, um *serpensamento*, a que não estão alheios os universos tautológicos de Mallarmé e de Joyce, do lance de dados ao riocorrente, que retorna a si mesmo, por um cômodo Vicus de recirculação... PEN(T)SER.

ébauche d'un

Ébauche d'un Serpent

A Henri Ghéon

Parmi l'arbre, la brise berce
La vipère que je vêtis ;
Un sourire, que la dent perce
Et qu'elle éclaire d'appétits,
Sur le Jardin se risque et rôde,
Et mon triangle d'émeraude
Tire sa langue à double fil…
Bête je suis, mais bête aiguë,
De qui le venin quoique vil
Laisse loin la sage ciguë !

Esboço de uma Serpente

A Henri Ghéon

Entre a árvore, a brisa brinca
Com a víbora que me veste;
Um sorriso, que o dente trinca
E o apetite apresta ao teste,
Sobre o Jardim arrisca a cauda,
E meu triângulo esmeralda
Mostra a língua de duplo fio...
Cobra serei, mas cobra arguta,
Cujo veneno, ainda que vil,
Deixa longe a douta cicuta!

Suave est ce temps de plaisance !
Tremblez, mortels ! Je suis bien fort
Quand jamais à ma suffisance,
Je bâille à briser le ressort !
La splendeur de l'azur aiguise
Cette guivre qui me déguise
D'animale simplicité ;
Venez à moi, race étourdie !
Je suis debout et dégourdie,
Pareille à la nécessité !

Soleil, soleil !... Faute éclatante !
Toi qui masques la mort, Soleil,
Sous l'azur et l'or d'une tente
Où les fleurs tiennent leur conseil ;
Par d'impénétrables délices,
Toi, le plus fier de mes complices,
Et de mes pièges le plus haut,
Tu gardes les cœurs de connaître
Que l'univers n'est qu'un défaut
Dans la pureté du Non-être !

Suave é o tempo complacente!
Tremei, mortais! Fico mais forte
Se, nunca suficientemente,
Bocejo até beirar a morte!
O esplendor do azul aguça
Esta hidra que me encapuça
De uma animal simplicidade.
Vinde a mim, ó raça inexperta!
Estou de pé e já desperta,
Semelhante à necessidade!

Sol, sol!... Ilusório arquiteto!
Tu, Sol, que mascaras a morte,
Sob o azul e o ouro de um teto
Onde as flores têm sua corte;
No arco-íris das tuas cores,
Tu, traidor dos traidores,
Dos meus laços o mais perfeito,
Poupas a pena de saber
Que o mundo é apenas um defeito
Ante a pureza do Não-ser!

Grand Soleil, qui sonnes l'éveil
À l'être, et de feux l'accompagnes,
Toi qui l'enfermes d'un sommeil
Trompeusement peint de campagnes,
Fauteur des fantômes joyeux
Qui rendent sujette des yeux
La présence obscure de l'âme,
Toujours le mensonge m'a plu
Que tu répands sur l'absolu,
Ô roi des ombres fait de flamme !

Verse-moi ta brute chaleur,
Où vient ma paresse glacée
Rêvasser de quelque malheur
Selon ma nature enlacée...
Ce lieu charmant qui vit la chair
Choir et se joindre m'est très cher !
Ma fureur, ici, se fait mûre ;
Je la conseille et la recuis,
Je m'écoute, et dans mes circuits,
Ma méditation murmure...

Grande Sol, tu que a luz descerras
Ao ser, de fogos o iluminas,
Tu, que no sono ameno o encerras,
À falsa tinta das campinas,
Fautor de fantasmas fugazes
Que prendem aos olhos falazes
A presença obscura da alma,
A mentira é minha parceira,
Que espalhas pela terra inteira,
Rei das sombras, feito de flama!

Versa em mim teu fogo fictício,
Onde o meu tédio regelado
Elucubra algum malefício
Segundo o meu ser enlaçado...
Esta área em que a carne clara-
Mente caiu me é muito cara!
Minha fúria, aqui, está madura;
Afago e afogo os seus intuitos:
Eu me escuto e nos meus circuitos
Minha meditação murmura...

Ô Vanité ! Cause Première !
Celui qui règne dans les Cieux,
D'une voix qui fut la lumière
Ouvrit l'univers spacieux.
Comme las de son pur spectacle,
Dieu lui-même a rompu l'obstacle
De sa parfaite éternité ;
Il se fit Celui qui dissipe
En conséquences, son Principe,
En étoiles, son Unité.

Cieux, son erreur ! Temps, sa ruine !
Et l'abîme animal, béant !...
Quelle chute dans l'origine
Étincelle au lieu de néant !...
Mais, le premier mot de son Verbe,
MOI !... Des astres le plus superbe
Qu'ait parlés le fou créateur,
Je suis !... Je serai !... J'illumine
La diminution divine
De tous les feux du Séducteur !

Ó Vaidade! Causa Inicial!
Esse que reina sobre os Céus,
Com a voz que foi o fanal,
Abriu o universo. E foi Deus,
Cansado de seu espetáculo,
Ele mesmo rompendo o obstáculo
De sua perfeita eternidade,
Que fez, dissipador de ciências,
Do seu Princípio, consequências,
E estrelas, de sua Unidade.

Os Céus, seu erro! O Tempo, ruína!
E o abismo animal, aberto!...
A queda, quando se origina,
É faísca, depois deserto!...
Mas a voz maior do seu Verbo, EU!...
Dos astros o mais soberbo
Que alçou o louco criador,
Eu sou!... Eu serei!... ilumina
A diminuição divina
Com os fogos do Sedutor!

Objet radieux de ma haine,
Vous que j'aimais éperdument,
Vous qui dûtes de la géhenne
Donner l'empire à cet amant,
Regardez-vous dans ma ténèbre !
Devant votre image funèbre,
Orgueil de mon sombre miroir,
Si profond fut votre malaise
Que votre souffle sur la glaise
Fut un soupir de désespoir !

En vain, Vous avez, dans la fange,
Pétri de faciles enfants,
Qui de Vos actes triomphants
Tout le jour Vous fissent louange !
Sitôt pétris, sitôt soufflés,
Maître Serpent les a sifflés,
Les beaux enfants que Vous créâtes !
Holà ! dit-il, nouveaux venus !
Vous êtes des hommes tout nus,
Ô bêtes blanches et béates !

Radioso objeto desta pena,
Vós que eu odeio em meu amor,
Vós que quisestes do geena
Dar o império ao vosso amador,
Olhai-vos nestas trevas tristes!
No velho espelho em que vos vistes
Foi tal a aflição de ver o
Reflexo vão do vosso eu,
Que o vosso sopro se perdeu
Num suspiro de desespero!

Em vão procurastes no lodo
Modelar os fáceis infantes
Que aos Vossos atos triunfantes
Teçam loas o dia todo.
Assim que Vós soprais-lhes vida,
Mestre Serpente já revida
Às pobres almas recém-natas!
Olá – diz ele, sem demora –,
Sois todos homens nus agora,
Ó bestas brancas e beatas!

À la ressemblance exécrée,
Vous fûtes faits, et je vous hais !
Comme je hais le Nom qui crée
Tant de prodiges imparfaits !
Je suis Celui qui modifie,
Je retouche au cœur qui s'y fie,
D'un doigt sûr et mystérieux !...
Nous changerons ces molles œuvres,
Et ces évasives couleuvres
En des reptiles furieux !

Mon innombrable Intelligence
Touche dans l'âme des humains
Un instrument de ma vengeance
Qui fut assemblé de tes mains !
Et ta Paternité voilée,
Quoique, dans sa chambre étoilée,
Elle n'accueille que l'encens,
Toutefois l'excès de mes charmes
Pourra de lointaines alarmes
Troubler ses desseins tout-puissants !

À semelhança fostes feitos
Execrável e eu vos odeio!
Como odeio o Nome que veio
Criar tais seres imperfeitos!
Mas eu sou Aquele que muda,
Retoco a alma a quem acuda,
Com dedos certos, misteriosos!...
Mudemos essas moles obras,
E destas evasivas cobras
Façamos répteis furiosos!

Minha Infinita Inteligência
Toca na alma dos mortais
Um instrumento sem clemência,
Obra das artes paternais!
E à tua proteção velada,
Ainda que a câmara estrelada
Não acolha mais do que incenso,
Talvez o excesso de meus charmes
Possa em seus remotos alarmes
Turvar esse poder imenso!

Je vais, je viens, je glisse, plonge,
Je disparais dans un cœur pur !
Fut-il jamais de sein si dur
Qu'on n'y puisse loger un songe ?
Qui que tu sois, ne suis-je point
Cette complaisance qui poind
Dans ton âme, lorsqu'elle s'aime ?
Je suis au fond de sa faveur
Cette inimitable saveur
Que tu ne trouves qu'à toi-même !

Ève, jadis, je la surpris,
Parmi ses premières pensées,
La lèvre entr'ouverte aux esprits
Qui naissaient des roses bercées.
Cette parfaite m'apparut,
Son flanc vaste et d'or parcouru
Ne craignant le soleil ni l'homme ;
Tout offerte aux regards de l'air,
L'âme encore stupide, et comme
Interdite au seuil de la chair.

Eu vou, eu venho, eu recomponho
E afundo num coração puro!
Haverá um peito tão duro
Que não queira alojar um sonho?
Quem quer que sejas, não sou essa
Complacência que se processa
Em tua alma, quando se ama?
Eu sou no fundo a seu favor
Esse inimitável sabor
Que em ti mesmo tem sua chama!

Eva, eu a vi, perdida um dia
Entre os primeiros pensamentos,
O lábio entreaberto aos ventos
Ante uma rosa que floria.
Esta perfeita me aparece,
Seu flanco vasto onde o ouro tece,
Toda oferta ao olhar do ar,
De sol e homem descuidada,
A alma insciente, no limiar
Da carne e dela limitada.

Ô masse de béatitude,
Tu es si belle, juste prix
De la toute sollicitude
Des bons et des meilleurs esprits !
Pour qu'à tes lèvres ils soient pris
Il leur suffit que tu soupires !
Les plus purs s'y penchent les pires,
Les plus durs sont les plus meurtris...
Jusques à moi, tu m'attendris,
De qui relèvent les vampires !

Oui ! De mon poste de feuillage
Reptile aux extases d'oiseau,
Cependant que mon babillage
Tissait de ruses le réseau,
Je te buvais, ô belle sourde !
Calme, claire, de charmes lourde,
Je dominais furtivement,
L'œil dans l'or ardent de ta laine,
Ta nuque énigmatique et pleine
Des secrets de ton mouvement !

Ó massa de beatitude,
És tão bela, a palma das palmas,
Para a toda solicitude
Das boas, das melhores almas!
Basta que os lábios teus suspirem
Para que por ti expirem
Os mais puros, que já se atiram,
E os mais duros, que te admiram...
Eu mesmo aspiro aos teus suspiros,
Eu, a quem temem os vampiros!

Sim! Do meu posto de folhagem,
Réptil com êxtases de ave,
Antes que a bífida linguagem
Tecesse os fios da fala suave,
Eu te bebia, ó surda imagem!
Calma, cheia de encantamentos,
Eu regia aqueles momentos,
O olho no ouro ardente da coma,
Na nuca enigmática – soma
Dos teus secretos movimentos.

J'étais présent comme une odeur,
Comme l'arôme d'une idée
Dont ne puisse être élucidée
L'insidieuse profondeur !
Et je t'inquiétais, candeur,
Ô chair mollement décidée,
Sans que je t'eusse intimidée,
À chanceler dans la splendeur !
Bientôt, je t'aurai, je parie,
Déjà ta nuance varie !

(La superbe simplicité
Demande d'immenses égards !
Sa transparence de regards,
Sottise, orgueil, félicité,
Gardent bien la belle cité !
Sachons lui créer des hasards,
Et par ce plus rare des arts,
Soit le cœur pur sollicité;
C'est là mon fort, c'est lá mon fin,
À moi les moyens de ma fin !)

Presente, ali, como um odor,
Como o aroma de um pensamento
Que não encontra um tradutor
Na profundez do seu intento!
Eu já te inquietava, ó candura,
Ó carne molemente acesa,
Sem suspeitares que eras presa,
A hesitar de beleza pura!
Logo verás minha magia.
Tua nuance já varia!

A soberba simplicidade
Nos demanda imensos cuidados!
A limpidez dos predicados,
Da tolice à felicidade,
Guarda bem a bela cidade!
Mister é lançar novos dados.
Que ao toque da mais rara arte
O coração se entregue, enfim;
Este o meu forte, a minha parte,
A mim os meios do meu fim!)

Or, d'une éblouissante bave,
Filons les systèmes légers
Où l'oisive et l'Ève suave
S'engage en de vagues dangers !
Que sous une charge de soie
Tremble la peau de cette proie
Accoutumée au seul azur !...
Mais de gaze point de subtile,
Ni de fil invisible et sûr,
Plus qu'une trame de mon style !

Dore, langue ! dore-lui les
Plus doux des dits que tu connaisses !
Allusions, fables, finesses,
Mille silences ciselés,
Use de tout ce qui lui nuise :
Rien qui ne flatte et ne l'induise
À se perdre dans mes desseins,
Docile à ces pentes qui rendent
Aux profondeurs des bleus bassins
Les ruisseaux qui des cieux descendent !

Então, da baba que embriaga
Fiemos um sistema leve
Que suave o ócio de Eva leve
Aos voos da aventura vaga!
Que sob a rede de tal seda
A pele dessa presa ceda
Como se sob o azul mais puro!...
Mas de uma gaze qual nenhuma,
Nem fio tão fino e tão seguro
Quanto uma trama desta pluma!

Doura, língua, doura-lhe ao mel
Dos doces ditos que emolduras!
Fábulas, falas, fiorituras,
Mil silêncios sob o cinzel,
Usa de tudo o que a seduza:
Só o que a adule e que a conduza
A sucumbir às minhas metas,
Submissa aos abismos que atraem
Ao azul das águas secretas
Os rios que dos céus descaem!

Ô quelle prose non pareille ;
Que d'esprit n'ai-je pas jeté
Dans le dédale duveté
De cette merveilleuse oreille !
Là, pensais-je, rien de perdu;
Tout profite au cœur suspendu !
Sûr triomphe ! si ma parole,
De l'âme obsédant le trésor,
Comme une abeille une corolle
Ne quitte plus l'oreille d'or !

"Rien, lui soufflais-je, n'est moins sûr
Que la parole divine, Ève !
Une science vive crève
L'énormité de ce fruit mür !
N'écoute l'Être vieil et pur
Qui maudit la morsure brève !
Que si ta bouche fait un rêve,
Cette soif qui songe à la sève,
Ce délice à demi futur,
C'est l'éternité fondante, Ève !"

Ah, que palrar sem paralelo:
Quanto verbo foi destilado
Pelo dédalo delicado
Desse evertido ouvido belo!
Ali, nada se perde – penso –,
Tudo soma ao senso em suspenso!
Ó Proeza! se a minha prosa,
Da alma obsedante o tesouro,
Como uma abelha numa rosa,
Não abandona a orelha de ouro!

"Nada – eu sopro – é menos seguro
Que a palavra divina, Eva!
Uma ciência viva ceva
Esse enorme fruto maduro!
Não ouças o Ser velho e puro
Que maldiz a mordida breve!
Pois se teu lábio enfim se atreve,
A sede que à seiva o leva,
Esse prazer quase futuro,
É à eternidade que sorve, Eva!"

Elle buvait mes petits mots
Qui bâtissaient une œuvre étrange ;
Son œil, parfois, perdait un ange
Pour revenir à mes rameaux.
Le plus rusé des animaux
Qui te raille d'être si dure,
Ô perfide et grosse de maux,
N'est qu'une voix dans la verdure
– Mais sérieuse l'Ève était
Qui sous la branche l'écoutait !

"Âme, disais-je, doux séjour
De toute extase prohibée,
Sens-tu la sinueuse amour
Que j'ai du Père dérobée ?
Je l'ai, cette essence du Ciel,
À des fins plus douces que miel
Délicatement ordonnée...
Prends de ce fruit... Dresse ton bras !
Pour cueillir ce que tu voudras
Ta belle main te fut donnée !"

Ela já bebe a minha fala
Que erigiu uma estranha obra;
Seu olho às vezes perde a ala
De um anjo e volve à minha dobra.
Este mau animal que cobra
A dureza que te sustenta,
Ah, o pérfido que te tenta
É só uma voz por entre o verde!
– Mas Eva a ouve toda atenta
E nenhuma palavra perde!

"Alma – eu dizia – fino olor
Do êxtase que te é vedado,
Sentes o sinuoso amor
Que eu tenho ao nosso Pai roubado?
Essa pura essência do Céu
A fins mais doces do que o mel
Delicadamente é votada...
Toma esse fruto... Ergue o teu braço!
Para colher dele um pedaço
Tua bela mão te foi doada!"

Quel silence battu d'un cil !
Mais quel souffle sous le sein sombre
Que mordait l'Arbre de son ombre !
L'autre brillait comme un pistil !
– Siffle, siffle ! *me chantait-il !*
Et je sentais frémir le nombre,
Tout le long de mon fouet subtil,
De ces replis dont je m'encombre :
Ils roulaient depuis le béryl
De ma crête, jusqu'au péril !

Génie ! Ô longue impatience !
À la fin, les temps sont venus,
Qu'un pas vers la neuve Science
Va donc jaillir de ces pieds nus !
Le marbre aspire, l'or se cambre !
Ces blondes bases d'ombre et d'ambre
Tremblent au bord du mouvement !...
Elle chancelle, la grande urne !
D'où va fuir le consentement
De l'apparente taciturne !

Que silêncio ao bater de um cílio!
Mas que sopro à sombra de um seio
Mordendo a árvore, no enleio!
O outro brilhava, ali, pistilo!
– *Sopra! sopra!* eu me ouvia ouvi-lo.
Ao som sutil do meu cilício,
Eu sentia o doce suplício
Dos coleios do meu estilo:
Rolavam segundo o berilo
Da minha crista – ó ofídio ofício!

O Gênio! Ó longa impaciência!
Enfim, é chegado o instante:
Um passo para a nova Ciência
Vai partir do pé hesitante!
O mármore arfa, o ouro soçobra!
Em sombra e âmbar, a áurea obra
Já treme ao rés do movimento!...
Ela vacila, a grande urna!
De onde flui o consentimento
De uma aparente taciturna!

Du plaisir que tu te proposes
Cède, cher corps, cède aux appâts !
Que ta soif de métamorphoses
Autour de l'Arbre du Trépas
Engendre une chaîne de poses !
Viens sans venir ! forme des pas
Vaguement comme lourds de roses…
Danse, cher corps… Ne pense pas !
Ici les délices sont causes
Suffisantes au cours de choses !…

Ô follement que je m'offrais
Cette infertile jouissance :
Voir le long pur d'un dos si frais
Frémir la désobéissance !…
Déjà délivrant son essence
De sagesse et d'illusions,
Tout l'Arbre de la Connnaissance
Échevelé de visions,
Agitait son grand corps qui plonge
Au soleil, et suce le songe !

Do prazer em que já te esvais,
Cede, corpo, às ávidas vozes!
E que as tuas metamorfoses
Em torno da Árvore dos Ais
Teçam um ritual de poses!
Vem sem vir! Em passos sem pausa
Ousa os pés que entre rosas pousas!
Dança, corpo... Não penses mais!
Aqui, só o gozo é a causa
Suficiente ao curso das cousas!...

Ah, loucamente eu me ofertei
Este infértil e estranho gozo:
O puro de um dorso formoso
Ver fremir descumprindo a lei!...
Já desvendando a sua essência
De sapiência e de ilusões,
A Árvore toda da Ciência,
Descabelada de visões,
Agitava os galhos medonhos
Que sob o sol sugam os sonhos!

Arbre, grand Arbre, Ombre des Cieux,
Irrésistible Arbre des arbres,
Qui dans les faiblesses des marbres,
Poursuis des sucs délicieux,
Toi qui pousses tels labyrinthes
Par qui les ténèbres étreintes
S'iront perdre dans le saphir
De l'éternelle matinée,
Douce perte, arôme ou zéphir,
Ou colombe prédestinée,

Ô Chanteur, ô secret buveur
Des plus profondes pierreries,
Berceau du reptile rêveur
Qui jeta l'Ève en rêveries,
Grand Être agité de savoir,
Qui toujours, comme pour mieux voir,
Grandis à l'appel de ta cime,
Toi qui dans l'or très pur promeus
Tes bras durs, tes rameaux fumeux,
D'autre part, creusant vers l'abîme,

Árvore, ó Árvore dos vícios,
Impávida Árvore das árvores,
Que no oco íntimo dos mármores
Buscas os sucos sub-reptícios,
Tu que lanças tais labirintos
Por onde os negrores extintos
Vão se perder no azul safira
De uma sempre nova alvorada,
Doce perda, aérea mentira,
Ou pomba ao ar predestinada,

Ó Cantora, oculta cultora
Da mais profunda pedraria,
Berço da serpe sonhadora
Que o devaneio a Eva envia,
Grande Ser, raiz do saber,
Que sempre, para melhor ver,
Cresces à voz da tua fronde,
Tu que no puro ouro derramas
Braços duros, fumosas ramas,
Cavando o abismo que se esconde,

Tu peux repousser l'infini
Qui n'est fait que de ta croissance,
Et de la tombe jusqu'au nid
Te sentir toute Connaissance !
Mais ce vieil amateur d'échecs,
Dans l'or oisif des soleils secs,
Sur ton branchage vient se tordre ;
Ses yeux font frémir ton trésor.
Il en cherra des fruits de mort,
De désespoir et de désordre !

Beau serpent, bercé dans le bleu,
Je siffle, avec délicatesse,
Offrant à la gloire de Dieu
Le triomphe de ma tristesse...
Il me suffit que dans les airs,
L'immense espoir de fruits amers
Affole les fils de la fange...
– Cette soif qui te fit géant,
Jusqu'à l'Être exalte l'étrange
Toute-Puissance du Néant !

Podes refugar o infinito,
Que é feito só do teu crescer,
E da tumba até o ninho aflito
Te sentires toda Saber!
Mas o amador de frutos pecos,
No ouro ocioso dos sóis secos,
Em teu tronco se vem torcer,
De olhos fixos no teu tesouro.
Frutos de morte hão de nascer
Do desespero e do desdouro!

Cobra-prima, à sombra dos céus,
Sibilo com delicadeza
E oferto à glória do bom Deus
O triunfo desta tristeza...
Basta-me crer que no ar escuro
O amargo fruto do futuro
Assombra a raça condenada...
– A sede que te fez tamanha,
Até ao Ser exalta a estranha
Onipotência que é o Nada!

valéry: eu mordo o que posso

"Ensaios, Bosquejos, Estudos, Esboços, Rascunhos, Exercícios, Apalpadelas", assim denominava Paul Valéry esses lampejos fascinantes do pensamento fragmentário que são os seus *Cahiers*. Escritos num período de 50 anos, entre 1894 e 1945, diariamente, entre as 4 e as 8 horas da manhã, constituem ao todo 261 cadernos de vários formatos. Uma primeira edição fac-similada em 29 volumes, com 26.600 páginas, foi publicada de 1957 a 1961 pelo Centre National de La Recherche Scientifique. A Gallimard (Bibliothèque de La Pléiade) publicou, mais tarde, uma edição de textos selecionados desses cadernos, estabelecida, apresentada e anotada por Judith Robin, em 2 volumes (1973-1974).

Um diário, sim, mas "um diário de reflexões e pesquisas abstratas", como diz J. Robin. Antidiário de antimemórias, se se pensa nos diários, autobiografias e memórias de sucesso, que alisam o narcisismo dos autores e alimentam a voracidade sentimental dos leitores gastrônomos de afetos, mas não questionam coisa alguma e nada acrescentam de essencial à vida do espírito.

"Rejeitar t(odo)s os termos que eu não sei traduzir em *não-linguagem*; ou registrá-los, ao menos, com este caráter provisório, exterior – inacabado, que é o da maior parte dos nossos 'pensamentos'." Estas palavras de Valéry, dentre outras com que ele se autoescreve (muito mais do que autodescreve) nos *Cadernos,* poderiam definir basicamente sua atitude escritural. Uma atitude que responde, em nível pragmático, ao "método" (ou "quase-método", como o denominou Décio Pignatari),[12] por ele vislumbrado em seu livro *Introduction à la Méthode de Leonard da Vinci,* que iniciou, por sinal, em 1894, o mesmo ano em que começou a escrever os seus *Cahiers.*

Aparentemente caóticos, permeados de desenhos e de signos não-verbais, estes escritos de Valéry se afiguram redigidos sob a inspiração dos manuscritos fragmentários leonardianos, aos quais em raros passos chegam a aludir diretamente. Como observa Jean Paul Richter, que compilou e editou os *Cadernos de Anotações de Leonardo da Vinci,* em 1883, "em quase todos os Manuscritos os diferentes parágrafos se apresentam em extrema confusão; numa só página, observações sobre os assuntos mais diversos seguem-se umas às outras sem qualquer conexão".[13] A classificação de tais observações, por assunto ou tema, foi feita posteriormente, e por mãos alheias, tal como ocorreu com os *Cahiers* de Valéry. O poeta não deixaria de registrar a exclusão oficial de Leonardo do

[12] Décio Pignatari, *Semiótica e Literatura,* Perspectiva, São Paulo, 1974, p. 16.

[13] *The Notebooks of Leonardo da Vinci,* compiled and edited from the original manuscripts, by Jean Paul Richter (1883). Edição bilíngue. v. I, Preface, p. XIV. Dover, New York, 1970.

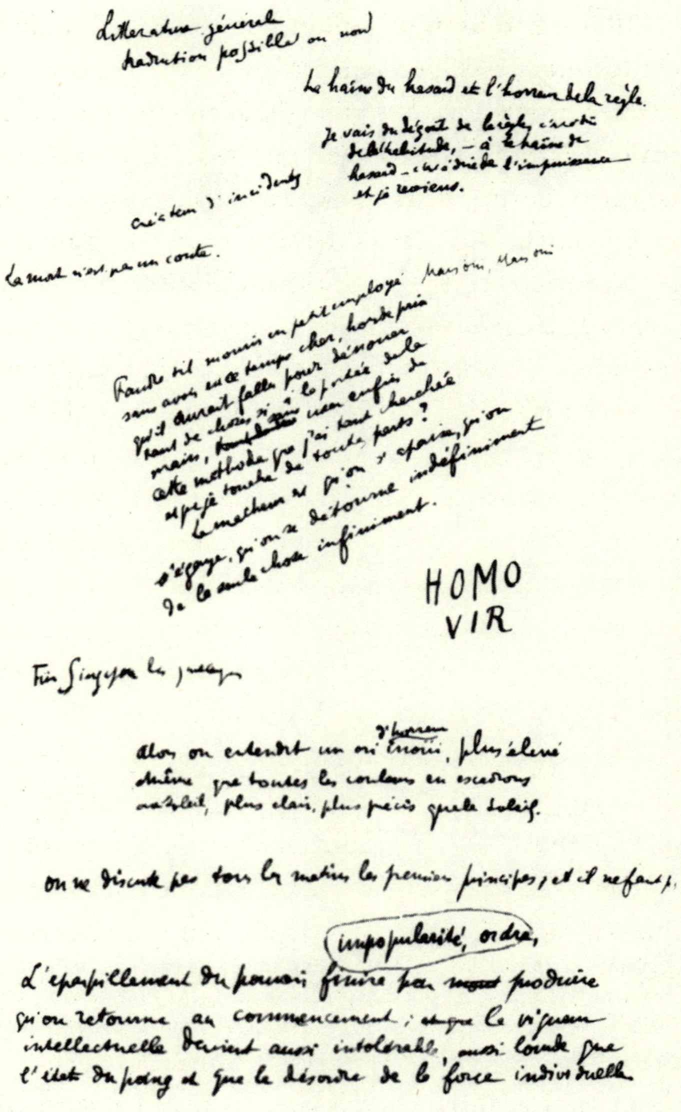

Página dos Cahiers, *ilustrando os múltiplos focos da reflexão valeriana (1897-1899,* Tabulae meae tentationum – Codex Quartus, *I, 184).*

Cahiers, *1933, XVI, p. 319. A exploração visual e fonêmica da palavra "Semíramis" pode associar-se ao grafismo ofiomórfico de Valéry. Tematicamente, a Serpente astuta não estaria distante da rainha assíria, cuja lenda é objeto do poema "Air de Sémiramis" (*Album de Vers Anciens, *1920), onde se lê: "Monte, ô Sémiramis, maîtresse d'une spire". Em 1934, Valéry publicaria* Sémiramis, *melodrama em 3 atos e 2 interlúdios. [É curioso encontrar nos* Canterbury Tales *de Chaucer (w. 4779-4780 e seguintes) o tema de Semíramis evocado, em associação com o da Serpente e o da tentação de Eva: "Virago, thou Semyram the secounde, / O serpent under femininitee" (Ah, virago, Semíramis segunda, / Serpente oculta em feminilidade.).]*

quadro dos filósofos reconhecidos como tais pela tradição, pondo em realce a modalidade peculiar, não-canônica, pela qual refletia sobre os seus múltiplos interesses: "Sem dúvida, a falta de textos acabados e formalmente filosóficos é uma espécie de razão dessa exclusão. Além disso, a quantidade de *notas* deixadas por Leonardo se apresenta como um conjunto simultâneo diante do qual nós ficamos na incerteza quanto à subordinação de suas curiosidades e de suas intenções, desde que ele parece ter dispensado o seu ardor aos assuntos mais variados, segundo o humor do dia e das circunstâncias; até dar a impressão – que eu não abomino – de uma espécie de *condottiere* a serviço de todas as Musas, alternativamente." (*Léonard et les Philosophes,* 1929).

Nessa abordagem assistemática de ideias, Valéry se reúne a uma pequena constelação de poetas-pensadores ou pensadores-poetas, que se situam no polo oposto ao dos articuladores de discursos normativos e sistemas fechados. Um antecessor direto seria o alemão Novalis, que nos legou os "fragmente" de sua caótica *Enciclopédia* (1798-1799), obra também inacabada e póstuma, a propósito da qual afirma Kostas Axelos: "Sob o cenário visível e público que ocupam o chamado pensamento sistemático e a linguagem dominante – Platão, Aristóteles, Tomás de Aquino, Descartes, Kant, Hegel, Marx, para exemplificar rapidamente – se desenvolvem uma tradição subterrânea e uma linguagem aforística (os dois tipos de palavra e de pensamento são, ambos – e simultaneamente –, muito mais sistemáticos-e-aforísticos do que se pensa e diz). Os fragmentos de Heráclito, os pensamentos de Pascal, os aforismos de Nietzsche, certos ensaios de Heidegger formam parte deles, como também as notas e fragmentos de Novalis."[14]

Em nenhum passo Valéry demonstra ter conhecimento da obra de Novalis. Quanto a Nietzsche, é sabido que ele nutria pelo filósofo alemão sentimentos contraditórios de admiração e repulsa.[15] Mas, a propósito da influência de Nietzsche sobre Valéry, anota Maurice Bémol existir entre ambos "um certo parentesco intelectual", advindo da circunstância de que "os dois são autores de *Notas*, e que o primeiro, sob o influxo dos moralistas franceses, procurou fugir por essa forma à tentação filosófica do sistema, à qual o segundo soube resistir mais completamente".[16]

Um outro precursor seria o Baudelaire dos *Jornaux intimes*. Há, nos *Cahiers*, duas referências explícitas a *Mon Cœur Mis à Nu* (que Baudelaire iniciou por volta de 1859), a primeira, comparando um dos seus pensamentos a outro, análogo, encontrado nos manuscritos de Leonardo; a segunda, afirmando a sua supremacia sobre o pensamento de Pascal: "Dois homens que se ignoram, em tempos e lugares distantes, sem contacto literário ou qualquer outro – chegam à mesma *ideia*. Assim, no *Coeur mis à nu* de Baudelaire deparo com um

[14] Kostas Axelos, "La Enciclopedia de Novalis" (1966), *in:* "*Novalis, La Enciclopedia (Notas y fragmentos)*, Espiral, Fundamentos, Madri, 1976, p. 445.

[15] Dentre as diversas referências dos *Cahiers* a Nietzsche, anoto as seguintes: "Nietzsche não é um alimento – é um excitante." (1902, II, p. 702). "Nietzsche – não representa uma 'filosofia" (felizmente para ele) – mas um compositor, um composto, um 'poeta' do sistema nervoso –" (1929, ag, XIV, p. 36). "Nietzsche – em suma – muito especioso. Caso notável – Exemplo do que daria a ex-filosofia com consciência de ser uma arte." (1932-1933, XVI, p. 50)

[16] Maurice Bémol, *Paul Valéry,* Lês Belles Lettres, Paris, 1949, p. 112-117.

pensamento muito particular a propósito do amor que está também – até a mínima fração quase – registrado num manuscrito de Leonardo que B(audelaire) não *podia* conhecer." *(Cahiers,* 1915. V, p. 750). "– Baudelaire no *Coeur mis à nu* mais 'profundo', mais verdadeiro que P(ascal)." *(Cahiers,* 1929 – AD, XIII, p. 547).

Em tempos modernos, penso em Pound, mormente no tipo de discurso fragmentário – ideogrâmico –, que ele exercitou através dos *Cantos* ("conversation between intelligent men"), aliás publicados de início como "drafts" ou esboços, e também inacabados. Em John Cage – todos os seus livros, de *Silence* a *Empty Words,* mas particularmente o seu "Diário: Como Melhorar O Mundo (Você Só Tornará As Coisas Piores)". Em Norman O. Brown – o mais difícil e fragmentário de *Love's Body* e *Closing Time*, não o da versão "fisiológica", com que o decodificou (e o deformou) primariamente certo suspeito "underground" tropical... Os norte-americanos têm, de resto, atrás de si, a tradição extraordinária dos *Diários* de Emerson e de Thoreau e da *Marginalia* de Poe, esta mencionada por Valéry em sua *Introduction à la Méthode de Leonard de Vinci*; da *Marginalia* proviria ainda o próprio título de *Mon Coeur Mis à Nu* – num dos fragmentos de Poe ele sugerira a denominação e a obra com estas palavras: "Se algum homem ambicioso tivesse a fantasia de revolucionar, de uma vez, o universo do pensamento humano, da opinião humana e do sentimento humano, eis a oportunidade – a estrada para a glória imortal está aberta e livre à sua frente. Tudo o que ele tem a fazer é escrever e publicar um pequenino livro. Seu título seria simples – algumas palavras singelas

– 'My heart laid bare' (Meu coração posto a nu). Mas este pequeno livro teria que ser fiel ao seu título."

Penso, voltando aos franceses, em Barthes – o mais recente, o de *Plaisir du Texte* ou de *Barthes par Lui-Même*. E penso – pensando em Poe – no imenso Fernando Pessoa, nas páginas de autointerpretação que ressurgem das cinzas -fênix do seu baú inesgotável, cuja última safra – os "quebrados e desconexos pedaços" do *Livro do Desassossego*, assinado por Bernardo Soares – parece-me conter mais de um ponto em comum com algumas das perquirições valerianas em torno da existência. Um livro cuja escritura o próprio poeta define como "trechos, bocados, excertos do inexistente", "impressões sem nexo", "diário do acaso", ou "tudo fragmentos, fragmentos, fragmentos", e a propósito do qual Jacinto do Prado Coelho lembra a *Enciclopedia* de Novalis: "A arte do fragmento esplende aqui duma peculiar genialidade. A 'maîtrise incomparable du fragment' – dizia Charles du Bos a respeito de Novalis". Sublinhando as alusões de Bernardo Soares ao *Journal Intime* de Amiel (outra publicação póstuma, por sinal), aponta Jacinto do Prado Coelho uma citação do *Livro do Desassossego* (fragmento 508) que remete a esta passagem do *Journal* (de 3 de fevereiro de 1862) a cuja leitura diz Bernardo Soares ter sentido "uma referência direta a sua alma": "La conscience de la conscience est le terme et l'analyse, disais-je, mais l'analyse poussée jusqu'au bout se dévore elle-même comme le serpent égyptien."[17] (E eis-nos

[17] Jacinto do Prado Coelho, "Prefácio", in: *Livro do Desassossego*, por Bernardo Soares (Fernando Pessoa), v. I, Ática, Lisboa, p. XI e XIV-XV.

de volta à circuloviciosa serpente-pensamento de Valéry).[18]

Entre nós, ricos de falação, pobres de pensar, penso nas "memórias póstumas" machadianas, geradoras da estética fragmentária dos romances-invenções de Oswald de Andrade; na linguagem-relâmpago dos manifestos do nosso pensador-antropófago ("Roteiros, roteiros, roteiros") e em certas páginas do seu "Diário Confessional" (como aquelas que foram publicadas na revista *Invenção*, n. 4, de dezembro de 1964). Na "Teoria da Guerrilha Artística" (1967) de Décio Pignatari, a que ele incorporou o lema valeriano lembrado por mim: "Eu mordo o que posso."[19]

Norman O. Brown, em *Love's Body* (1966, p. 188): "Carne fracionada, mente fracionada, fala fracionada. A verdade, um corpo fracionado: fragmentos, ou aforismos; em oposição a formas ou métodos sistemáticos: 'Os Aforismos, representando um conhecimento fraccionado, convidam as pessoas a prosseguir na investigação, enquanto os Métodos, implicando a demonstração de uma totalidade, asseguram as pessoas, como se elas tivessem chegado ao termo final.' (Bacon, *in:* McLuhan, *Guttenberg Galaxy,* 102-103)."

* * *

Da primeira parte dos *Cadernos* (capítulos "Les Cahiers", "Ego", "Ego Scriptor"), na edição estabelecida

[18] Para fechar o círculo, aqui vai a observação de Maurice Bémol (ob. cit., p. 116): "O valerismo nada mais é que uma tentativa 'de ver em um outro mundo', o mundo da consciência segunda, isto é, um esforço para se manter nessa 'consciência da consciência' que parece ao homem comum uma atitude contra a natureza, mas que é a chave de todo o conhecimento verdadeiro."

[19] Décio Pignatari, *Contracomunicação,* Perspectiva, São Paulo, 1971, p. 157-175.

por Judith Robin (Pléiade), destilei estes quase-analectos valerianos, nos quais enxertei títulos-lembretes com palavras extraídas, quase sempre, dos próprios textos. Diário de diário. Fragmentos de fragmentos. Fiz isso, a princípio, para uso doméstico, sem pensar em publicação, só porque eles me diziam muito mais do que muitas páginas da maior parte daquilo que se convencionou chamar de "crítica". A meio caminho, achei que essa leitura-tradução poderia interessar a mais pessoas, ou pelo menos instigá-las à leitura dos *Cahiers*. Não sei se assim esclareço aos outros tanto quanto a mim mesmo, porque me identifico muito com certas reflexões deste poeta não poeta, onde a obra aparece como uma inviabilidade, a poesia à frente da literatura e contra ela, e onde o poeta -pensador emerge como alguém que só faz quando não consegue deixar de fazer.

Dos mesmos *Cahiers*, numa releitura complementada pela consulta à edição fac-similar do Centre National de la Recherche Scientifique, redestilei ou reinstilei os treze fragmentos da serpente – PENSER: SERPENT – que fecham o livro. Ou quem sabe o reabrem. Filos-ofia ou Ofis-sofia de Valéry. O resto é filosofia.

dos cadernos de valéry

Contraobras, contra-acabados

Estes cadernos são meu vício. São também contraobras, contra-acabados.

Poder e fazer

Talvez rei (roi) *– talvez nada* (rien) *– mantenho minha indecisão, recuso o nome, só quero estar sempre perto de quase tudo sem me abandonar – Poder, poder, sem cessar; o exercício importa pouco.*

Fácil, difícil

Meu fácil me enfada. Meu difícil me guia.

Excede, excita

O homem definido pelo que o enfada, o que o excede, o que o excita.

Poder e ser

Ser poeta, não. Poder sê-lo.

Sensibilizar, dessensibilizar

Passei anos a me sensibilizar.

E depois, anos mais numerosos a me dessensibilizar.

Um alemão para completar as ideias

Falta-me um alemão para completar minhas ideias.

Objeto: a dificuldade

O *objeto principal de meu trabalho é a dificuldade; na medida em que ela é a minha própria dificuldade.*

De resto, sempre amei a dificuldade, pois a facilidade é o automatismo – o que se faz sem pensar.

Complicação

Se me acusaram de complicação é talvez por causa deste princípio que extraí de minha natureza: o que é evidente não existe.

Obras-fezes

As obras do homem me parecem excrementos – resíduos de atos. Eu só as amo por imaginar os atos formadores.

Tédio

O *que eu sei fazer me entedia; o que eu não sei fazer me entristece.*

Especialidade

A especialidade me é impossível.

Valho um sorriso. Você não é nem poeta, nem filósofo, nem geômetra – nem outra coisa. Você não aprofunda nada. Com que direito você fala daquilo a que você não se consagrou com exclusividade?

Eu sou como o olho que vê o que vê. Seu menor movimento muda o muro em nuvem; a nuvem em relógio; o relógio em letras que falam. Talvez esteja aí a minha especialidade.

Proselitismo

O *proselitismo é o inimigo da honestidade – Seus meios são todos os meios (Seduzir, assombrar, confundir as coisas.)*

Não temos vontade de conquistar ninguém quando nos damos conta de tudo o que é preciso conquistar primeiro dentro de nós mesmos.

Enxerto – autoenxerto*

Sou um ser enxertado. Fiz em mim mesmo diversos enxertos. Enxertar a matemática na poesia, o rigor em imagens livres. "Ideias claras" em tronco supersticioso; língua francesa em lenho italiano...

* *Título de Valéry.*

À margem

Vantagens e desvantagens de uma posição à margem.

Geometria e poesia

Alguns opõem a geometria à poesia. – Quanto a mim, quando a poesia esmorece dedico-me com prazer à geometria e vejo muitas vezes, como reação natural contra um excesso de geometria de alguns dias ou horas a poesia reaparecer.

Inumanidade

As ideias claras são inumanas. Gide dizia esta noite (diante de mim): Valéry não é humano.

Opinião

Eu não sou sempre da minha opinião.

O homem

Não tenho desprezo pelos homens.
Bem ao contrário. Mas pelo Homem.
Este animal que eu não teria inventado.

Paciência-impaciência

Meu trabalho é um trabalho de paciência executado por um impaciente.

Difícil = novo

O que é difícil é sempre novo.

Obra de arte x prazer

A obra de arte me dá ideias, ensinamentos, não prazer.

Clareza e caos

Se o bom senso me permitisse fixar-me uma meta, eu escolheria por meta e por ideal poder fazer com toda a clareza, e por análises, tudo o que se pretende que precise de trevas e de caos para ser produzido.

Dificuldade

Quase todos os livros que eu estimo e absolutamente todos os que me serviram para qualquer coisa são difíceis de ler.

Importância

Não acredito nem no arrebatamento (emportement) *nem na importância* (importance).

Processo

(= *conceito poundiano de* inventor?)

Aprecio um homem quando ele encontrou uma lei ou um processo. O resto não é nada.

Poder, agir

Eu me amo em potência – me odeio em ato.

Contra*

Contra os poetas, eu sou. Pois minha paixão foi a paixão de não sei que Reforma... *Refazer seu espírito, não é tarefa para poetas.*

Contra os filósofos, eu sou. Pois minha natureza não dissimula as potências. Não creio no universo. Não inflo os signos e sei para onde eles se dirigem. Contra mim, eu sou. Pois meu eu devora meu eu *e desprezo minhas opiniões.*

* *Título de Valéry.*

Proselitismo-convencer

Não quero convencer ninguém nem por ninguém ser convencido.

Geometria e poesia

... e em suma, a partir de então, não apreciei, não estimei um "artista de qualquer gênero a não ser em sua semelhança de exigência e de liberdade

(verdadeira) com o geômetra e o construtor (máquinas, etc.).

Os filósofos e os poetas sofreram muito comigo por causa dessa decisão.

Magreza

Nos livros, como nos pratos, só gosto do que é magro.

Tradução

Tudo o que me é dito – tudo o que eu leio me aparece como devendo ser traduzido.

Contra as noções de poeta, escritor, filósofo, homem

Não ser poeta, escritor, filósofo segundo essas noções; mas se eu o devesse ser, antes contra elas. *E até mesmo – não ser* homem.

Formal

Desenvolvo minha ideia, porque ela me fala do meu "intelectualismo". Eu lhe digo que não se deve confundir – que eu sou um formal *– e que o fato de proceder pelas* formas *a partir das formas em direção à "matéria" das obras ou das ideias dá a impressão de intelectualismo por analogia com a lógica. Mas que essas formas são* intuitivas *na origem – ...*

O inumano*

Não saboreio nas obras do homem senão a quantidade de inumanidade que nelas encontro. Sei demais o que é humano. Sofri, gozei; me enganei; vi corretamente, me sinto arruinar pelo tempo; fui louvado; censurado, saudado, achincalhado, tratado por nomes os mais agradáveis e por alguns outros. Eis o que é humano, segundo os humanos. Não me agrada ruminá-lo nos livros.

* *Título de Valéry.*

Romances, jornais

Só leio romances e jornais por exceção.

Sem profissão

Autoscópio – Ego.

Não me sinto de nenhuma raça. Nada de local neste eu – o que coincide bem com a objectivity *natural. Nem de trabalho. Sem profissão.*

Rigor e fantasia (e acaso)

Isto me impressiona, há 40 anos – que as especulações feitas com rigor *conduzam a mais estranhezas e perspectivas possíveis e inesperadas que a fantasia livre – que a obrigação de coordenar seja mais produtora de surpresa que o acaso.*

Ange = étrange

Ange = Étrange, estrange = étranger...

Anjo = Estranho, estranjo = estrangeiro... bizarramente ao que é, e ao que ele é.

Fazer sem crer

Fazer sem crer – *Minha divisa...*

Impossibilidades

... são as minhas impossibilidades que me excitam.

A fala

A fala não me é suficiente.

Crítica e fazer

Em mim, o crítico está sempre ocupado com o fazer.

Assumo a posição de autor *para julgar uma obra.*

Eu sei ou não sei fazer *o que examino.*

O não-compreender

O não-compreender *bem reconhecido e definido deve engendrar uma atividade e uma lucidez, como um achado. O não-compreender foi o meu aguilhão.*

Os que procuram, já tendo encontrado

Tenho por nula a opinião dos que procuram, já tendo encontrado.

Literatura x poesia

O espírito faz romance durante todo o tempo; e frequentemente uma espécie de poesia sem arte. O espírito não especializado é eminentemente "literário". A literatura se opõe à Poesia por não liberar um mundo separado – de relações. Por não manifestar uma certa... curvatura *própria.*

Esterilidade – não-produção

Atribui-se geralmente a não-produção à "esterilidade". Mas é uma tolice. De resto, não vejo inconvenientes maiores em não fazer – desde que se igualem a zero os resultados exteriores. Malthus é um gde homem, até na ordem intelectual. Pensem no que se torna este reino à medida que as obras se acumulam!

Concerto só para cérebro –*

Às vezes sinto, como por uma rajada de energia na cabeça, todo o gosto de um prazer de pensar por pensar do pensar – puro –, do pensar como a parada e a retomada de um nadador livre na água sem temperatura sensível –

* *Título de Valéry.*

A partir de zero

Meu Hábito terrível de querer começar pelo começo – e de tratar a partir de Zero.

Rêve/réveil – pose/suppose/impose

(Como sucede com a transição do sonho (rêve) *para o despertar* (réveil) – *Eu despertei do sonho que constituem o conhecimento e o pensamento ligados à linguagem ordinária e à acomodação do espírito que ela propõe* (pose), *"supõe"* ("suppose"), *impõe* (impose) —

Contra a vida

Eu nasci, há vinte anos, exasperado pela repetição – isto é, contra a vida.

***Victi!* vivo e venço**

Minhas Lembranças?

Será preciso escrever, ditar estes farrapos estas misturas de falso e verdadeiro? e o que é mais verdadeiro *neste gênero, o verdadeiro ou o falso? – Eu quero dizer, o que é mais* eu – *do que me vem ao espírito sub specie victi – (*Victi! vivo et vinco, *mesmo deitado).*

Não-linguagem

... rejeitar t(odo)s os termos que eu não sei traduzir em não-linguagem; *ou registrá-los, ao*

menos, com este caráter provisório, exterior – inacabado, que é o da maior parte dos nossos "pensamentos".

Ser e poder ser

E no entanto eu não queria fazer um poeta – mas apenas poder sê-lo.

Não ser manobrado pela linguagem

E eu decidi não me deixar manobrar pela linguagem.

O que eu devo, em parte, ao trabalho de poesia sob condições formais, o qual induz a tomar as palavras e as ideias por sua manejabilidade *material.*

Tédio dos filósofos

Leio mal e com tédio os filósofos – que são muito longos e cuja linguagem me é antipática. Se soubessem quão pouco eu li Platão – e em tradução! Contudo, fiz "diálogos socráticos"! É a forma *que me interessa.* O fundo *do pensamento não é nada – e as teorias que não resultam em* processos, *os quais julgam as teses – não me fazem* nenhum efeito.

Horror da repetição

Horror da repetição, do trabalho isolado da invenção da facilidade, da ambição fundada nos outros.

... *tentar descobrir, liberar, eliminar* tudo o que se repete, ou repete – *Daí tantas buscas.*

Ler – passividade

Ler é uma passividade – que só é corrigida pela dificuldade do texto, pela excitação de apreendê-lo. A dificuldade em si mesma é excitante para os espíritos enérgicos.

Literatura

... literatura, *boa* literatura, *mas* literatura, *isto é, desejo de seduzir, de conquistar* os jovens *acima de tudo – enquanto eu ponho acima de tudo a preocupação de me conquistar, a mim, pela fabricação desenfreada do meu rigor.*

Vida medíocre

Todos os meus acontecimentos, carreira, casamento – etc., tudo foi obra dos outros. Minha única política foi a de defender minha procura infinita, como pude – a expensas de muitas coisa e ao preço de uma vida medíocre.

Escrever para o público

O *verdadeiro pecado é escrever para o público.*

Pequeno apetite de leitura

Que pequeno apetite (petit appétit) *de leitura é o*

meu! Como é possível engolir todos esses livros, esses romances ingleses?

Só amo problemas

Quando eu me prendo (o que é bem raro) a uma leitura que não me requer nenhum esforço de compreensão nova, *tenho a sensação de cometer uma falta.*

Eu me sinto em falta –, falta que pode ter por excusa uma incapacidade de fazer outra coisa. Só amo problemas.

Não-repetir

... tenho a mania de esgotar, de não-repetir, de acabar com o que me parece não custar nada.

Tédio dos acontecimentos

Tenho uma espécie de tédio dos "acontecimentos" – *e como não posso suportar o comprimento* (longueur), *talvez menos ainda possa aguentar* as cenas "históricas", *os quadros e os efeitos sucessivos.*

Sorrir dos "sérios"

Devemos sorrir dos que se levam a sério.

O poema é uma máquina

O *poema é uma máquina de produzir certos*

efeitos sobre certas pessoas que se imaginam tais ou quais.

Ódio pelas coisas vagas

Eu experimentei e cultivei a partir de 1892 um ódio e um desprezo pelas coisas vagas e lhes fiz uma guerra implacável em mim durante toda a minha vida.

Construir – destruir

Nada de repetições: construir para se destruir.

Divisa

Minha divisa principal (tenho mais de uma) é: Eu faço aquilo que posso – *com essa significação de que eu* vivo *constantemente e profundamente* aquilo que não posso.

Literatos

Terminei por conceber o trabalho literário de uma forma que me aparta dos literatos– e da prática.

Forma e fundo

Singular movimento interior que me conduziu, de uma parte, a não querer considerar senão a forma das expressões, na sua objetividade, *em sua estrutura geral e por classes de um grupo inteiro; – e de outra, a aprofundar o fundo – até o informe, até o puro inexprimível...*

Fazer pensar

Não cabe ao autor, mas ao outro fornecer os seus sentimentos. A finalidade de uma obra – honesta – é *simples e clara: fazer pensar. Fazer pensar, a contragosto, o leitor. Provocar atos internos.*

Poeta não-poeta

Sempre fiz os meus versos, observando-me fazê-los, no que jamais fui propriamente poeta.

Surpresa ou precisão

Um escrito só vale: 1º*) pela estranheza, a surpresa, a distância que guarda com o meu pensamento – ou 2º) pelo grau de precisão que ele me traz. E preciso que eu seja ou enriquecido, destravado, ampliado, ou então* precisado, *isto é, amadurecido, acabado, delimitado, tempo-ganho.*

Escritor – escriteiro

Não sou escritor – escriteiro (écriveur), *pois não só não me importa como me ultrapassa escrever o que vi, senti ou peguei. Isso terminou para mim. Tomo da pena para o futuro do meu pensamento – não para o seu passado.*

Escrever

Escrever – o que eu escrevo não é escrever, é preparar-se para escrever algum dia impossível.

Glória*

Eles *me elegeram o maior poeta por 3.143 votos – (março 1921). Ora, eu não sou nem grande, nem poeta, nem eles 3.000, mas talvez 4 em algum café.*

* *Título de Valéry.*

Sacrifizio dell'intelletto

Eu não posso fazer uma obra literária normal. *Pois seria preciso para tanto que eu me apartasse demais de minha natureza que é não-literária.*

Há sacrifícios que eu não posso, não sei, não quero fazer. E o primeiro sacrifício à literatura viável é o sacrifizio dell'intelletto.

Leitores

Prefiro ser lido muitas vezes por um só do que uma só vez por muitos.

Escrita de precisão

Minha ambição literária foi a escrita de precisão. O conteúdo, indiferente.

Forma e fundo

A indissolubilidade da forma *e d*o fundo.

Erro dos críticos

Erro dos críticos: remontar ao autor *em vez de*

remontar à máquina que fez a própria coisa. Erro máximo, a meu ver.

Dizer o que é difícil dizer

A literatura – não tem para mim outro interesse que o exemplo ou a tentativa de dizer o que é difícil dizer.

A literatura que interessa

A literatura só me interessa quando tende e concorre para o crescimento do espírito. No caso contrário, me aborrece.

Público

Pensem no que é preciso p(ara) agradar a 3 milhões de pessoas.

Paradoxo, não é preciso menos *que para agradar a 100.*

Eu não escrevo / não escreverei / p(ara) pessoas que não me possam dar uma quantidade de tempo e uma qualidade de atenção comparáveis às que eu lhes dou.

Antipoeta

Tenho o instinto de não escrever – e portanto de não pensar, de não apanhar quando vêm ao pensamento as coisas de uma vez. *No que eu sou antipoeta por* caráter, *por recusa.*

Poeta

Poeta, me dizem – mas eu não compreendo.

Escrever para o público

Para escrever p(ara) o público, sou obrigado a traduzir e essa tradução é muitas vezes impossível.

A síntese da poesia

Zombam de você, que tentou fazer a síntese *da poesia. Eles têm razão, mas você também não está errado.*

Mais do que o leitor pode suportar

Tive a mania de querer dar ao leitor mais do que ele me pede e, portanto, mais do que ele pode suportar.

Poeta antipoético

Sou um poeta que uma grande parte das coisas reputadas poéticas *toca pouco e às vezes entedia.*

Imprevisto

O *que há de mais fecundo para o pensamento que o imprevisto?*

Antiliterário

Meu princípio literário é antiliterário.

Estrutura

A obra deveria sustentar-se *por si própria em virtude de sua estrutura – e não por suas semelhanças e vínculos exteriores.*

Mallarmé – linguagem

Mas, de fato, *quem fala em um poema? Mallarmé queria que fosse a linguagem, ela mesma.*

A profissão literária

Não amo a profissão literária – Ela me desagrada. Eu não teria querido ser, enquanto escritor, mais que um amador, *mas mais hábil, mais exigente e mais profundo nesse mister que as pessoas que dele fazem profissão.*

As convenções da linguagem

Se nós fôssemos verdadeiramente "revolucionários" (à maneira russa), ousaríamos tocar nas convenções da linguagem.

penser: serpent

1

II, 1318[20]

Canção da Serpente.

Toda a douradura (*dorure*), a doçura, a seda da decadência e do conhecimento —— A queda.

Saber mediante prazer ——

Se ata e se desata, – morde sua cauda.

Finura – apetite – Venenos.

– Adaptação.

Fascinação – atração.

Problema. Dar à serpente uma cabeça de homem? Humanizá-la de todo – ou fazê-la *demasiado* estranha? – (1915. *Sem título*, V, 676).

[20] Estes números correspondem aos tomos e páginas dos *Cahiers*, na edição Pléiade (Gallimard, 1973-1974), estabelecida e anotada por Judith Robinson. A numeração que se segue a cada fragmento se refere aos cadernos originais reproduzidos na edição fac-similar do Centre National de la Recherche Scientifique (1957-1961).

2

II, 1398

Preguiçoso, mas como uma serpente. A menor coisa extrairá dela toda a energia do sol que ela acumula em sua espera imóvel.

Há duas aparências de preguiça – uma que é espera (*attente*). Outra, repouso (*détente*). (*1923. "Y", IX, 433.*)

3

II, 1326/7

O diálogo de amor pode conter a fábula das minhas duas serpentes que se devoram, cada uma engolindo a outra pela cauda. Impossível imaginar o fim dessa operação cujo começo é claro, assim como o do amor se se quisesse levar ao extremo a mútua vontade de ser o outro e de absorver uma consciência em outra igual. Poder-se-ia fazer disso um sonho. (*1927. "V" 27, XII, 171.*)

4

II, 516

"Como é possível que tu não me olhes / ames / procures /, *mim* que te olhas tão fortemente?"

Assim fala a Alma, *o mais ingênuo dos animais*. A Serpente, que é o mais astuto deles e que é a Inteligência *(l'Esprit)*, trata de ostentar todas as suas finuras, – a Alma é tola demais para não *crer,* e não se resigna à sua impotência, à morte, à sua solidão enclausurada, e esfera de vidro. (*1932-1933. Sem título, XVI, 526.*)

5

II, 1429

A censura do puritano se alimenta com furor de sua inveja. Quanto mais ele demonstra – e mesmo quanto mais ele se ressente, com horror, tanto mais ele se defende contra si e odeia a si próprio por não ser, ou não poder ser o feliz outro que ele detesta... como ele detesta nele próprio o condenado que ele é à virtude — Ele é uma serpente que se morde e se remorde – E que se morde a si próprio sob as espécies de outro. (*1936-1937. Sem título, XIX, 723.*)

6

I, 458

Falar-se é pensar que se fala, mas é falar o que se pensa. Nada é mais espantoso que esta fala "interior", que se escuta sem nenhum ruído e se articula sem movimentos – como um circuito fechado. Tudo vem se explicar e se debater nesse círculo semelhante à serpente que morde a própria cauda. Às vezes – o anel se rompe e emite a fala externa. Às vezes a comunicação do nascente e do nascido é regular, em compasso – e a distinção não se faz sentir. Às vezes, a comunicação é apenas retardada e o circuito interno serve de preparação a um circuito de *intenção externa;* depois, há emissão, à vontade. (*Esta passagem é ilustrada por dois desenhos de "Uroboros" isto é, de serpentes que mordem a própria cauda, motivo muito frequente*

"*O tipo matemático que consiste em isolar relações e depois combiná--las, independentemente de sua significação, pela estrutura.*" *(*Diversos desenhos de figuras topológicas diferentes – nós e triângulos – uma das quais representa uma serpente em forma de nó.*)* (1933, XVI, p. 186.)*

* Nota de Judith Robinson em *Cahiers* (Pléiade).

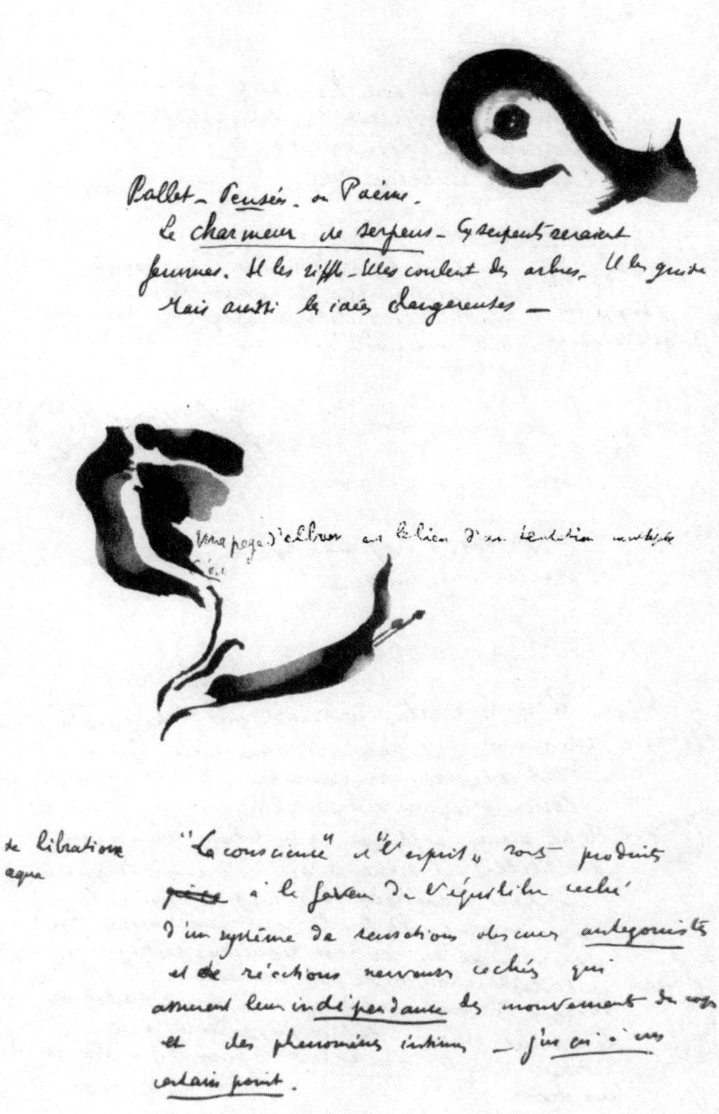

*"Balé – Pensamentos – ou Poema.
O encantador de serpentes. Estas serpentes seriam mulheres. Ele assobia para elas. Elas correm das árvores. Ele as conduz. Mas também as ideias perigosas –" (*Cahiers, *1933, XVI, p. 235)*

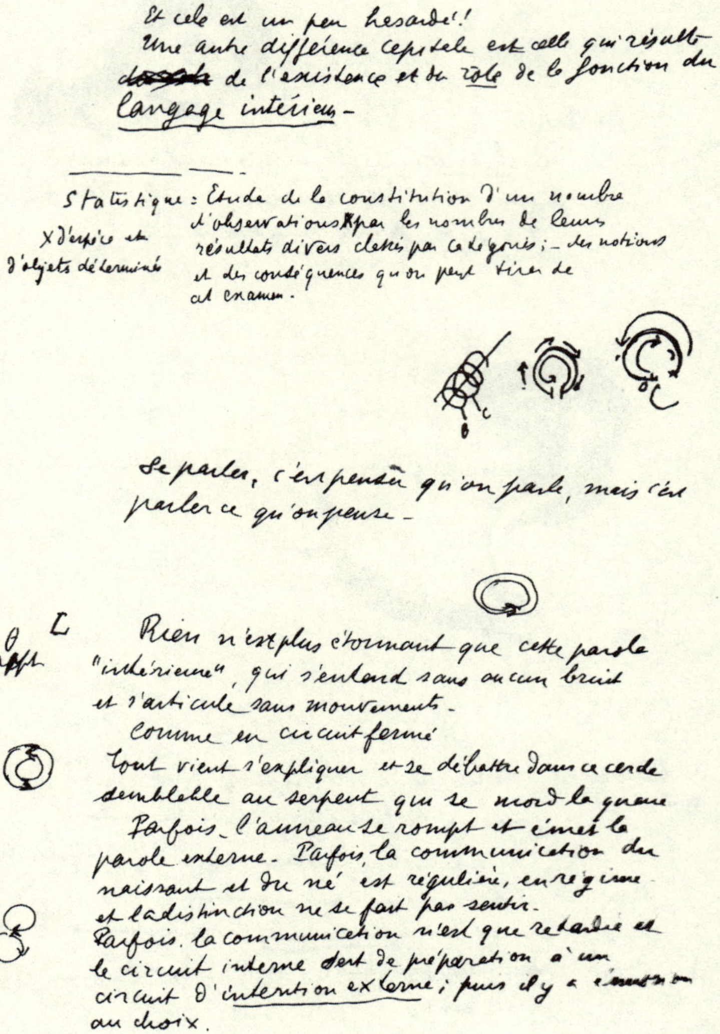
Et cela est un peu hasardé!
Une autre différence capitale est celle qui résulte ~~du~~ de l'existence et du rôle de la fonction du langage intérieur —

Statistique : Étude de la constitution d'un nombre d'observations par les nombres de leurs résultats divers classés par catégories ; — des notions et des conséquences qu'on peut tirer de cet examen.
X d'espèce et d'objets déterminés

Se parler, c'est penser qu'on parle, mais c'est parler ce qu'on pense —

θ appt L
Rien n'est plus étonnant que cette parole "intérieure", qui s'entend sans aucun bruit et s'articule sans mouvements —
Comme en circuit fermé
Tout vient s'expliquer et se débattre dans ce cercle semblable au serpent qui se mord la queue
Parfois l'anneau se rompt et émet la parole externe — Parfois, la communication du naissant et du né est régulière, en régime et la distinction ne se fait pas sentir.
Parfois. la communication n'est que retardée et le circuit interne sert de préparation à un circuit d'intention externe ; puis il y a [illegible] au choix.

"Falar-se é pensar que se fala, mas é falar o que se pensa." (v. Fragmento 6). Cahiers, *1940-1941, XXIV, p. 99.*

nos Cahiers *e um desenho de circuitos)*[21] *(1940-1941. Sem título, XXIV, 99.)*

7

I, 735

Seria preciso inventar uma estrutura (como as inventadas por Riemann) cuja conexão fizesse ver (ao menos grosseiramente) as dependências recíprocas que fazem de um conteúdo um continente e um continente de um conteúdo, já que eu estou *em* um mundo que está *em* mim, encerrado no que eu encerro, produto disto que eu formo e entretenho, – como as minhas duas Serpentes, cada uma das quais está, afinal, *na* outra. *(Três desenhos, à margem, de duas serpentes, cada uma das quais morde a cauda da outra, formando assim um círculo fechado e um desenho de um círculo cuja circunferência e cujo centro são assinalados com a letra* M.*)*[22]

O imaginável expira como consequência do prolongamento de um processo imaginável que não se pode perseguir. *(1942. Sem título, XXV, 702.)*

8

I, 215/16

18-4-43 (Monólogos)

5 h. – Mais uma vez, sou expulso do sono pelo diabólico chicote de víboras das ideias.

[21/22] Nota de Judith Robinson em *Cahiers* (Pléiade).

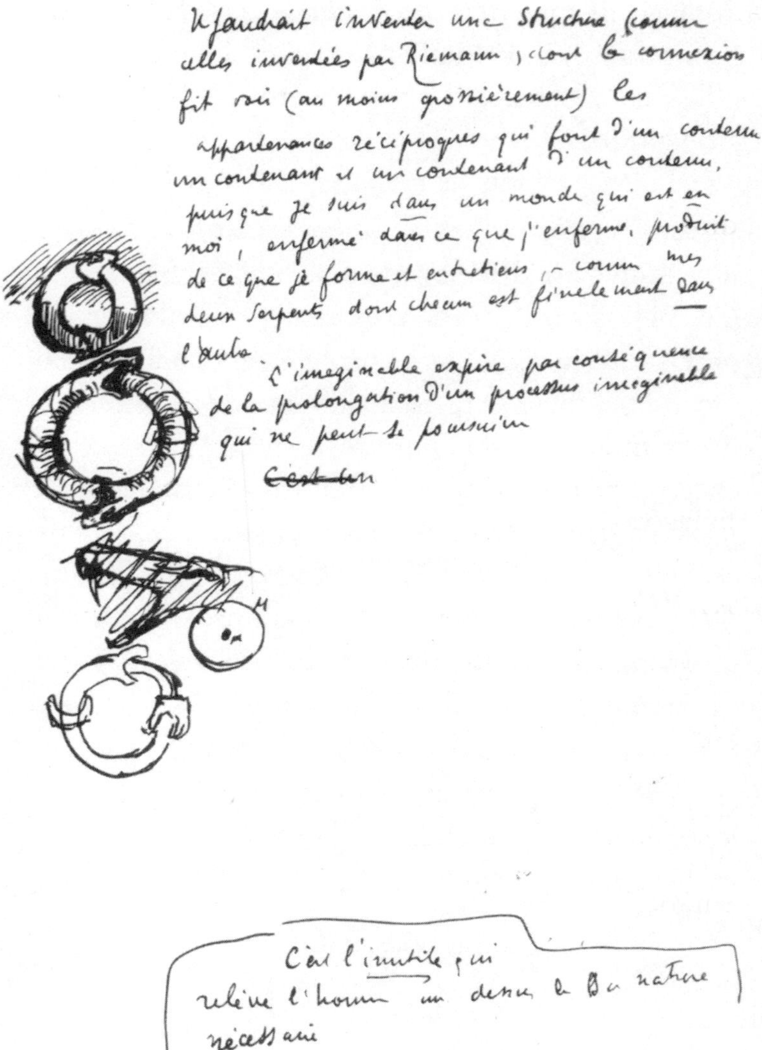

"Seria preciso inventar uma estrutura..." (v. Fragmento 7). Cahiers, *1942, XXV, 702.*

São 3 h. ... ainda! Sem piedade, as fagulhas e os gritos das verdades desses inimigos da noite me atacam e eu não quero o que eu quero.

A razão gostaria que eu dormisse e repousasse e me refizesse depois de todas essas fadigas e dispêndios de mim.

É um debate obscuro este – *Quem é então o mestre*, aqui? Junto a *"Mim"* – Quem, Você?

Quem ousa acordar *quem?* e chicoteá-lo com todas essas víboras de lampejos que se excitam umas às outras e exigem violentamente viver cada uma delas e sem demora... Ah, minhas implacáveis combinações... Reações —– Minha alma inesgotável me esgota – É um estranho conflito. (*1943. Sem título, XXVII, 112.*)

9

I, 756

A serpente come a própria cauda. Mas é só depois de um longo tempo de mastigação que ela reconhece no que ela devora o gosto de serpente. Ela para, então... Mas ao cabo de um outro tempo, não tendo nada mais para comer, ela volve a si mesma... Chega então a ter a sua cabeça em sua goela. É o que se chama *"uma teoria do conhecimento"*. (*1944. Sem título, XXVIII, 24.*)

10

I, 223

Eu me digo, com minha serpente, que o ser é um

defeito na pureza do Não-ser. (*1944. Sem título, XXVIII, 89.*)

11

I, 225

... Acostumar-se a pensar como Serpente *(penser en Serpent)* que se come pela cauda. Pois aí está toda a questão. Eu "contenho" o que me "contém". E eu sou sucessivamente continente e conteúdo. (*1944. Sem título, XXVIII, 417.*)

12

II, 333

Como! isto também sou *eu?* – disse a Serpente retorcendo-se para a ponta longínqua de sua cauda, e ela se espantava de fazê-la remexer-se de tão longe, sua e não sua! (*Em um desenho, Valéry mostra as palavras saindo da boca de uma serpente que morde a extremidade da própria cauda*)[23] (*1944. Sem título, XXVIII, 157.*)

13

II, 559

Ego. Repugna-me redizer-me ou reviver tudo o que pensei ou imaginei... nada a não ser esta manhã das 4 às 6h, que soam.

Eu ousarei bem menos ainda anotá-lo. Isto não é MIM – me digo eu, experimentando a tolice, a mal-

[23] Idem, Ibidem.

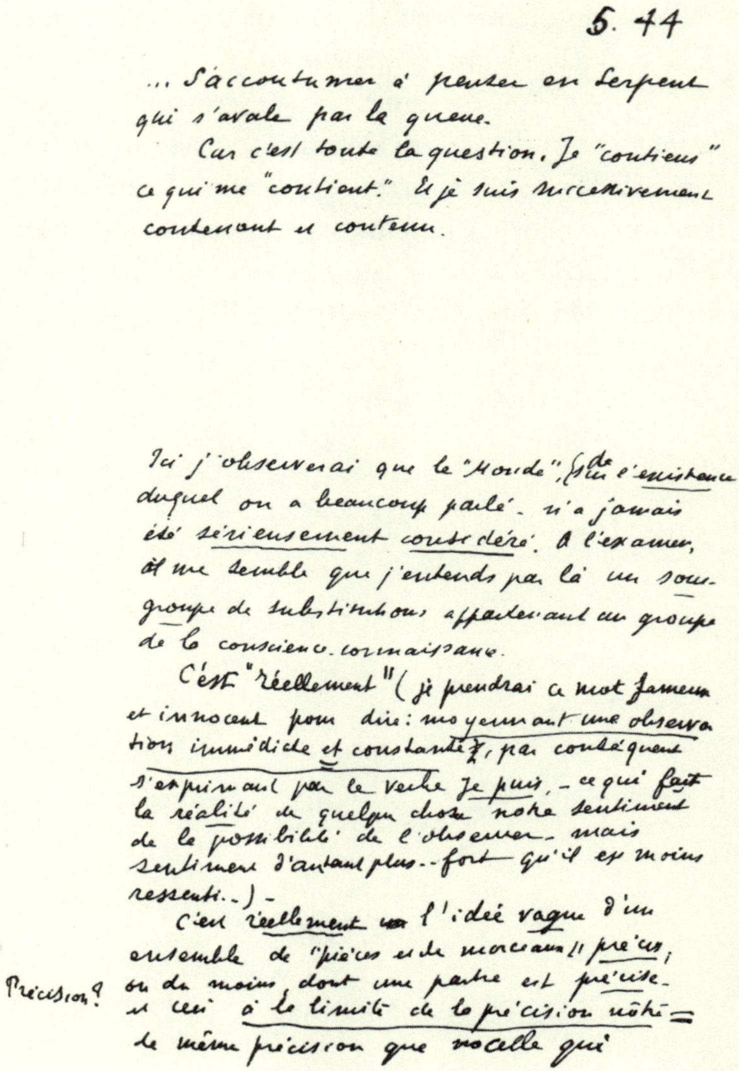
5.44

... S'accoutumer à penser en Serpent qui s'avale par la queue.

Car c'est toute la question. Je "contiens" ce qui me "contient." Et je suis successivement contenant et contenu.

Ici j'observerai que le "Monde", [de] l'existence duquel on a beaucoup parlé – n'a jamais été sérieusement considéré. A l'examen, il me semble que j'entends par là un sous-groupe de substitutions appartenant au groupe de la conscience-connaissance.

C'est "réellement" (je prendrai ce mot fameux et innocent pour dire: moyennant une observation immédiate et constante, par conséquent s'exprimant par le verbe Je puis, – ce qui fait la réalité de quelque chose notre sentiment de la possibilité de l'observer – mais sentiment d'autant plus – fort qu'il est moins ressenti..) –

C'est réellement l'idée vague d'un ensemble de "pièces et de morceaux" précis, ou du moins, dont une partie est précise – et ceci à la limite de la précision notée = la même précision que ce celle qui

Précision?

"Acostumar-se a pensar como Serpente que se come pela cauda." (v. Fragmento 9). Cahiers, *1944, XXVIII, p. 417.*

dade, a inutilidade cruel da maioria desses produtos. E se isto não é *mim*, o que é *mim!*

No momento mesmo em que escrevo isto, e que esmago com desgosto e cólera esse passado tão recente, a Serpente se reergue; eu a sinto, com toda a sua força, mais viva do que nunca, prestes a morder meu coração e a moer entre as suas espiras o meu peito. (*1945. Sem título, XXIX, 838.*)

As ſoone; as wee to bee, *begunne;*
We did beginne, to be Vndone.

Informação bibliográfica

O estudo VALÉRY: EU MORDO O QUE POSSO, matriz deste trabalho, foi publicado, em forma embrionária, com esse mesmo título, na revista *José*, n. 10, julho 1978 (Editora Fontana, Rio de Janeiro), como introdução à seleção dos "CADERNOS" DE VALÉRY, ora republicada. Dela se extraíram, nesta edição, três fragmentos motivados pela temática da Serpente, incorporados à seção final, PENSER: SERPENT. À seletânea dos *Cahiers* foi acrescido o fragmento *Sacrifizio dell'Intelletto*. A tradução de *Ébauche d'un Serpent* foi concluída em janeiro de 1982.

Alguns dados sobre Valéry

> *"Entendo que o conhecimento da biografia dos poetas é um conhecimento inútil, se não for nocivo, para o uso que se deve fazer de suas obras e que consiste seja na fruição, seja nos ensinamentos e nos problemas da arte que delas extraímos."*
>
> (Paul Valéry, *Villon et Verlaine*, 1937)

Paul Valéry nasceu em Sète, ao sul da França, em 1871, e morreu em Paris, em 1945. O pai era corso, a mãe de origem genovesa.

A partir de 1889 começa a publicar seus poemas em revistas, a princípio sob a influência de Baudelaire e logo sob a de Poe e Mallarmé, que iria se tornar para ele o mestre absoluto, "a extrema pureza da fé em matéria de poesia". No âmbito não literário, estuda Direito e se interessa pela matemática.

Em 1890 corresponde-se com Mallarmé, a quem é apresentado no ano seguinte. Em 1892, em Gênova, ocorre-lhe a grande crise intelectual: aos 21 anos, decide renunciar à poesia e aprofundar seus conhecimentos científicos. Transfere-se para Paris em 1894. Frequenta as "terças-feiras" da casa de Mallarmé e inicia as reflexões que anotará, de madrugada, diariamente, durante 50 anos, e que constituirão os 261 *Cahiers,* dos quais só divulgará alguns extratos durante a vida.

Entre 1895 e 1897, publica, em prosa, *Introduction à la Méthode de Léonard da Vinci, La Soirée de Monsieur Teste* e *La Conquête Allemande*. Só voltará ao verso, após 20 anos de abstenção, com *La Jeune Parque*, poema longo, publicado em 1917. Seguir-se-ão *Album de Vers Anciens*, em 1920, compendiando os antigos poemas escritos até 1893, e mais dois poemas extensos. *Le Cimitière Marin* (1920) e *Ébauche d'un Serpent* (1921). E finalmente *Charmes* (1922), cerca de uma vintena de poemas, incluindo os dois últimos. Aí está toda a sua poesia, salvo textos esparsos, alguns deles disseminados nos seus *Cahiers*.

Continua a escrever, em amplo espectro, sobre arte e poesia, ciência e cultura. Além dos já nomeados, destacam-se dentre os seus numerosos ensaios: *Eupalinos ou l'Architecte*, seguido de *L'Âme et la Danse* (1923), os cinco volumes de *Varieté* (1924 a 1944), *Pièces sur l'Art* (1931), *Regards sur le Monde Actuel* (1931), *L'Idée Fixe* (1932), *Degas, Danse, Dessin* (1938), *Mélange* (1941), *Tel Quel I* e *II* (1941 e 1943), *Mauvaises Pensées et Autres* (1942). Dentre as publicações póstumas: *Traduction en Vers des "Bucoliques" de Virgile* (1956).

A Bibliothèque de la Pléiade, da Gallimard, editou as obras completas, *Œuvres* (2 v., 1957 e 1960). É também responsável pela edição crítica, em dois volumes, dos *Cahiers*, com textos organizados e anotados por Judith Robin (1973-1974). A edição completa, fac-similada, desses cadernos – de que apareceram excertos em livros como *Mélange, Tel quel, Mauvaises pensées et autres* – foi publicada pelo Centre National de la Recherche Scientifique, em 29 volumes, de 1957 a 1961.

Nota sobre as ilustrações

Capa e p. 27 – Representação de *uroboro* ou *uroboros* (do grego, *ourá* = cauda + *borós* = voraz), a serpente que come a própria cauda, segundo um manuscrito alquímico de Veneza, do século XIV. O texto central foi substituído pela palavra SERPENT, que também pode ser lida, circularmente, como PENSER (em francês), ou ainda, SERPENS (em latim). A figura foi extraída de *Dreams, Visions of Night,* livro organizado por David Coxhead e Susan Hiller, edição da Thames and Hudson, Londres, s/d. Desenho análogo é reproduzido em *Man and his Symbols,* de Carl G. Jung (Dell Publishing Co. Inc., New York, 1964), onde se afirma que a reprodução provém de um manuscrito grego do século III a.C.

Quarta capa e p. 15 – Emblema de Paul Valéry, desenho dele próprio. Em *Paul Valéry;* de Pierre Caminade (Ed. Pierre Charron e Arnaldo Mondadori, Verona, 1972).

P. 70 – Emblema 132 de *Emblematum Liber* (1531) de Andrea Alciato. Tritão, trombeteiro de Netuno, com o corpo cercado por Uroboro, símbolo da imortalidade. O emblema era acompanhado de versos latinos e encimado pelo dístico: “Ex litterarum studiis immortalitatem acquiri" (Através dos estudos literários adquire-se a imortalidade). De *Speaking Pictures,* "a gallery of pictorial poetry from the sixteenth century to the present", organizado por Milton Klonsky (Harmony Books, New York, 1975).

P. 102 – Emblema (Emblem of Mortality) de *A Collection of Emblems* (1635), de George Wither (1588-1667). A gravura, de autoria de Crispijn van de Passe, era acompanhada de versos de Wither, dentre os quais os seguintes: "The Snake, her Tail devouring doth imply / The Revolution of all Earthly things." *(Ibidem).*

P. 5, 11, 17, 61 e 91 – Vinheta: símbolo da divindade Quezacoatl, a "serpente emplumada" dos aztecas.

Obras de Augusto de Campos

Poesia

O rei menos o reino. São Paulo: edição do autor, 1951.

Ad Augustum per Angusta e O sol por natural. In: revista-livro *Noigandres* n. 1, 1952.

Poetamenos (1953). In: revista-livro *Noigandres* n. 2, fevereiro de 1955. São Paulo: edição dos autores. | 2. ed. São Paulo: Edições Invenção, 1973.

Noigandres n. 3 (com Décio Pignatari, Haroldo de Campos e Ronaldo Azeredo). São Paulo, 1956. *Noigandres* n. 4 (idem). São Paulo, 1958. *Noigandres* n. 5 (com D. Pignatari, H. de Campos, R. Azeredo e José Lino Grünewald). São Paulo: Massao Ohno, 1962.

Linguaviagem. *Cubepoem*, edição limitada de 100 cópias, projeto de Philip Steadman. Brighton, Inglaterra: 1967. | Versão original. São Paulo: edição do autor, 1970.

Equivocábulos. São Paulo: Edições Invenção, 1970.

Colidouescapo. São Paulo: Edições Invenção, 1971. | 2. ed. São Paulo: Amauta, 2006.

Poemóbiles (1968-74). Poemas-objetos, em colaboração com Julio Plaza. São Paulo: edição dos autores, 1974. | 2. ed. São Paulo: Brasiliense, 1985. | 3. ed. São Paulo: Selo Demônio Negro/Annablume, 2010. | 4. ed. São Paulo: Lote 42/Selo Demônio Negro, 2025.

Caixa preta. Poemas e objetos-poemas em colaboração com Julio Plaza. São Paulo: edição dos autores, 1975.

Viva vaia (Poesia 1949-79). São Paulo: Duas Cidades, 1979. | 2. ed. São Paulo: Brasiliense, 1986. | 3. ed. revista e ampliada e com CD. São Paulo: Ateliê Editorial, 2001. | 4. ed. São Paulo: Ateliê Editorial, 2007. | 5. ed. revista. Ateliê Editorial: 2014. | 6. ed. São Paulo: Ateliê Editorial, 2023.

Expoemas (1980-85). Serigrafias de Omar Guedes. São Paulo: Entretempo, 1985.

Não. Poema-xerox. São Paulo: edição do autor, 1990.

Poemas. Antologia bilíngue a cargo de Gonzalo M. Aguilar. Buenos Aires: Instituto de Literatura Hispanoamericana, 1994. | 2. ed. ampliada. Buenos Aires: Gog y Magog Ediciones, 2012 e 2014.

Poetamenos. Edição, tradução e notas por Gonzalo Aguilar e Gerardo Jorge. Buenos Aires: Direcciones y Document-art, 2014. | Edição bilíngue. Buenos Aires: Gog y Magog, 2014.

Despoesia (1979-1993). São Paulo: Perspectiva, 1994.

Poesia é risco (CD-livro). Antologia poético-musical de *O rei menos o reino* a *Despoemas*, em colaboração com Cid Campos. Rio de Janeiro: Polygram, 1995. | 2. ed. e 3. ed. com acréscimos. Selo Sesc: 2011 e 2021.

Anthologie: despoesia. Prefácio e tradução por Jacques Donguy. Romainville (França): Éditions Al Dante, 2002.

Não. Com o CDR Clip-Poemas (animações digitais). São Paulo: Perspectiva, 2003.

Poètemoins: anthologie. Prefácio e tradução por Jacques Donguy. Dijon (França): Les Presses du Réel, 2011.

Profilogramas. São Paulo: Perspectiva, 2011.

Cidadecitycité. Em versão poema-objeto por Ana Lúcia Ribeiro. São Paulo: Granada, 2014.

Outro. São Paulo: Perspectiva, 2015.

Hangszóképversek. Poemas verbovocovisuais. Antologia poética bilíngue (húngaro-português). Grande Prêmio de Poesia Janus Pannonius. Budapeste, 2017.

Lenguaviaje (*Linguaviagem*). Antologia poética bilíngue (espanhol -português). Prêmio Iberoamericano de Poesia Pablo Neruda. Santiago (Chile): 2017. | Reeditado com acréscimos pela Universidad de los Andes. Bogotá (Colômbia): Ediciones Uniandes, 2019. | E com novos acréscimos por Libros de la Resistencia, Madrid, 2020.

Outro (Autre). Nova antologia de poemas, aos cuidados de Jacques Donguy. *In: Celebrity Café* n. 3, revista dedicada ao poeta. Dijon (França): Les Presses du Réel, 2019.

Poesie. Antologia de poemas bilíngue (alemão-português). Tradução de Simone Homem de Mello. São Paulo: Selo Demônio Negro, 2019.

Entredados. Livro-CD, com Cid Campos. Leituras de poemas: Mallarmé, Maiakóvski, Lewis Caroll, Joyce, Gregório de Matos, Ezra Pound (com Décio Pignatari e Haroldo de Campos em *Um Lance de Dados*). São Paulo: Laranja Original, 2022.

Poetamenos. Edição bilíngue (inglês-português). Maringá: Kadê, 2023.

Pós-poemas. São Paulo: Perspectiva, 2025.

Ensaios diversos

Re/visão de Sousândrade (com Haroldo de Campos). São Paulo: Edições Invenção, 1964. | 2. ed. ampliada. São Paulo: Nova Fronteira, 1982. | 3. ed. ampliada. São Paulo: Perspectiva, 2002.

Teoria da poesia concreta (com D. Pignatari e H. de Campos). São Paulo: Edições Invenção, 1965. | 2. ed. ampliada. São Paulo: Duas Cidades, 1975. | 3. ed. São Paulo: Brasiliense, 1987. | 4. ed. São Paulo: Ateliê Editorial, 2006.

Sousândrade: poesia (com H. de Campos). Rio de Janeiro: Agir, 1966. | 3. ed. revista, 1995.

Balanço da bossa (com Brasil Rocha Brito, Julio Medaglia, Gilberto Mendes). São Paulo: Perspectiva, 1968. | 2. ed. ampliada. Balanço da bossa e outras bossas. São Paulo: Perspectiva, 1974.

Guimarães Rosa em três dimensões (com H. de Campos e Pedro Xisto). São Paulo: Comissão Estadual de Literatura, Secretaria da Cultura, 1970.

ReVisão de Kilkerry. São Paulo: Fundo Estadual de Cultura, Secretaria da Cultura, 1971. | 2. ed. ampliada. São Paulo: Brasiliense, 1985.

Revistas revistas: os antropófagos. Introdução à reedição fac-similar da Revista de Antropofagia. São Paulo: Abril/Metal Leve S.A., 1975.

Reduchamp. Com iconogramas de Julio Plaza. São Paulo: Edições S.T.R.I.P., 1976. | 2. ed. São Paulo: Selo Demônio Negro/Annablume, 2010.

Poesia antipoesia antropofagia. São Paulo: Cortez e Moraes, 1978. | *Poesia antipoesia antropofagia & cia*. Edição, revista e ampliada. São Paulo: Companhia das Letras, 2015.

Pagu: vida-obra. São Paulo: Brasiliense, 1982 (3 tiragens). | Nova edição, revista e ampliada. São Paulo: Companhia das Letras, 2014. | 5. ed. 2023.

À margem da margem. São Paulo: Companhia das Letras, 1989.

O enigma Ernani Rosas. Florianópolis: Editora UEPG (Universidade Estadual de Ponta Grossa), 1996.

Os sertões dos campos (com Haroldo de Campos). Rio de Janeiro: Sette Letras, 1997.

Poética de Os Sertões. São Paulo: Casa Guilherme de Almeida, 2010.

Música de invenção. São Paulo: Perspectiva, 1998. | 2. ed. São Paulo: Perspectiva, 2016.

Traduções e estudos críticos

Dez poemas de E.E. Cummings. Rio de Janeiro: Imprensa Nacional Serviço de Documentação – MEC, 1960.

Cantares de Ezra Pound (com D. Pignatari e H. de Campos). Rio de Janeiro: Serviço de Documentação – MEC, 1960.

Panaroma do Finnegans Wake (com H. de Campos). São Paulo: Comissão Estadual de Literatura, Secretaria da Cultura, 1962. | 2. ed. ampliada: São Paulo, Perspectiva, 1971. | 3. ed. ampliada. São Paulo: Perspectiva, 2001.

Maiakóvski: poemas (com H. de Campos e Boris Schnaiderman). Rio de Janeiro: Tempo Brasileiro, 1967. | 2. ed. ampliada. São Paulo: Perspectiva, 1982. | Nova edição comemorativa, revista e ampliada. São Paulo: Perspectiva, 2017.

Poesia russa moderna (com H. de Campos e B. Schnaiderman). Rio de Janeiro: Civilização Brasileira, 1968. | 2. ed. ampliada. São Paulo: Brasiliense, 1985. | 3. ed. ampliada. São Paulo: Perspectiva, 2001.

Traduzir e trovar (com H. de Campos). São Paulo: Papyrus, 1968.

Ezra Pound: antologia poética (com D. Pignatari, H. de Campos, J. L. Grünewald e Mário Faustino). Lisboa: Ulisseia, 1968.

ABC da literatura (de Ezra Pound; com José Paulo Paes). São Paulo: Cultrix, 1970.

Mallarmargem. Rio de Janeiro: Noa Noa, 1971.

Mallarmé (com D. Pignatari e H. de Campos). São Paulo: Perspectiva, 1978.

O *tygre* (de William Blake). São Paulo: edição do autor, 1977.

John Donne, o dom e a danação. Florianópolis: Noa Noa, 1978.

Verso reverso controverso. São Paulo: Perspectiva, 1979. | 2. ed. 2009.

20 poem(a)s: E.E. Cummings. Florianópolis: Noa Noa, 1979.

Mais provençais: Raimbaut e Arnaut. Florianópolis: Noa Noa, 1982. | 2. ed. ampliada. São Paulo: Companhia das Letras, 1987.

Ezra Pound: poesia (com D. Pignatari, H. de Campos., J. L. Grünewald e M. Faustino). Organização, introdução e notas de A. de Campos. São Paulo: Hucitec/Universidade de Brasília, 1983-1993 (3 edições). | 4 ed. inclui *Extrapound* (bilíngue). São Paulo: Cobalto, 2024.

Paul Valéry: a serpente e o pensar. São Paulo: Brasiliense, 1984. | 2. ed. São Paulo: Ficções, 2011. | 3. ed. revista. São Paulo: Laranja Original, 2025.

John Keats: ode a um rouxinol e ode sobre uma urna grega. Edição bilíngue. Florianópolis: Noa Noa, 1984.

John Cage: de segunda a um ano. Introdução e revisão da tradução de Rogério Duprat. São Paulo: Hucitec, 1985. | Rio de Janeiro: Cobogó, 2014.

40 poem(a)s - E.E. Cummings. São Paulo: Brasiliense, 1986.

O *anticrítico*. São Paulo: Companhia das Letras, 1986. | 2. ed. 2019.

Linguaviagem. São Paulo: Companhia das Letras, 1987. | Lisboa: Maldoror/Língua Morta, 2023.

Porta-retratos: Gertrude Stein. Florianópolis: Noa Noa, 1990.

Hopkins: cristal terrível. Florianópolis: Noa Noa, 1991.

Pré-lua e pós-lua. São Paulo: Arte Pau-Brasil, 1991.

Rimbaud livre. São Paulo: Perspectiva, 1992.

Irmãos germanos. Florianópolis: Noa Noa, 1993.

Rilke: poesia-coisa. Rio de Janeiro: Imago, 1994.

Hopkins: a beleza difícil. São Paulo: Perspectiva, 1997.

Mallarmargem 2. Florianópolis: Noa Noa, 1998.

Poem(a)s - E.E. Cummings. Rio de Janeiro: Francisco Alves, 1999.

Coisas e anjos de Rilke. São Paulo: Perspectiva. 2001. | 2. ed. ampliada: 2013.

Invenção: de Arnaut e Raimbaut a Dante e Cavalcanti. São Paulo: Arx, 2003. | 2. ed. Laranja Original, 2021. | 3. edição especial.

Poesia da recusa. São Paulo: Perspectiva, 2006.

Quase-Borges + 10 transpoemas. São Paulo: Memorial da América Latina, 2006.

Emily Dickinson: não sou ninguém. Campinas: Editora da Unicamp, 2008. | Nova edição, revista e ampliada. Campinas: Editora da Unicamp, 2015.

August Stramm: poemas-estalactites. São Paulo: Perspectiva, 2008.

Byron e Keats: entreversos. São Paulo: Editora da Unicamp, 2009.

P*oem(a)s E.E. Cummings*. (ed. revista e ampliada). Campinas: Editora da Unicamp, 2011.

Quase-Borges: 20 transpoemas e uma entrevista. São Paulo: Selo Musa Rara, Terracota, 2013.

Jaguadarte (de Lewis Carroll). São Paulo: Nhambiquara, 2014.

Retrato de Maiakóvski quando jovem. Cinco poemas, bilíngue. São Paulo/Belo Horizonte: Selo Demônio Negro, 2016.

Extrapound. São Paulo: Demônio Negro, 2020.

Extraduções e extraviagens (plaquetes)

Retrato de Sylvia Plath como artista: extraduções. Bilíngue. Londrina: Galileu Edições, 2018.

Marianne Moore, 10 poemas: extraduções. Bilíngue. Londrina: Galileu Edições, 2019.

Rimbaud: extraduções. Bilíngue. Londrina: Galileu Edições, 2019.

Esses russos: extraduções. Londrina: Galileu Edições, 2019.

Latinogramas: extraduções. Bilíngue. Londrina: Galileu Edições, 2019.

Poetas bizarros na internet: extraduções. Bilíngue. Londrina: Galileu Edições, 2020.

Irmãos humanos, de Machaut a Villon: extraduções. Bilíngue. Londrina: Galileu Edições, 2020.

Paraulas para Palau: extraduções. Bilíngue. Londrina: Galileu Edições, 2020.

Franceses, de Nerval a Roussel: extraduções. Bilíngue. Londrina: Galileu Edições, 2020.

Loja do livro italiano, poesia da resistência: extraduções. Bilíngue. Londrina: Galileu Edições, 2020.

Dessurrealistas franceses: extraduções. Bilíngue. Londrina: Galileu Edições, 2020.

Irmãos hispanos: extraduções. Bilíngue. Londrina: Galileu Edições, 2020.

Uma descoberta, traduções de Fernando Pessoa: extraviagens. Londrina: Galileu Edições, 2021.

A aura barroca: extraduções. Bilíngue. Londrina: Galileu Edições, 2021.

Dados os dados, Mallarmé Verne: extraviagens. Londrina: Galileu Edições, 2021.

Ghérasim dessurealista: extraduções. Bilíngue. Londrina: Galileu Edições, 2022.

Entreshakespeares: extraduções. Bilíngue. Londrina: Galileu Edições, 2022.

Americana: extraduções. Bilíngue: Londrina, Galileu Edições, 2022.

Não-senso Edward Lear: extraduções. Bilíngue. Londrina: Galileu Edições, 2023.

Emily mais, 32 poemas: extraduções. Bilíngue. Londrina: Galileu Edições, 2023.

Sordello, e o meu sordello? Bilíngue. Londrina: Galileu Edições, 2024.

Outros russos. Londrina: Galileu Edições, 2025.

www.laranjaoriginal.com.br

Grafia atualizada segundo o Acordo Ortográfico da Língua Portuguesa
de 1990, que entrou em vigor no Brasil em 2009.
Edição bilíngue.

Capa e Projeto gráfico
AUGUSTO DE CAMPOS

Edição
MARCELO GIRARD E BRUNA LIMA

Reedição gráfica
MARCELO GIRARD

Revisão e Produção executiva
BRUNA LIMA

Diagramação
IMG3

Dados Internacionais de Catalogação na Publicação (CIP)
(Câmara Brasileira do Livro, SP, Brasil)

Campos, Augusto de
Paul Valéry : a serpente e o pensar / Augusto de Campos. – 1. ed. – São Paulo : Editora Laranja Original, 2025.

ISBN 978-65-5312-013-6

1. Ensaios brasileiros 2. Literatura francesa - História e crítica 3. Valéry, Paul, 1871-1945 - Crítica e interpretação I. Título.

25-284218 CDD-B869.4

Índices para catálogo sistemático:
1. Ensaios : Literatura brasileira B869.4
Aline Graziele Benitez - Bibliotecária - CRB-1/3129

Laranja Original Editora e Produtora Eireli
Rua Isabel de Castela, 126
05445-010 São Paulo SP
contato@laranjaoriginal.com.br

Fontes Sabon *Papel* Pólen 90 g/m²
Impressão Hawaii Gráfica e Editora *Tiragem* 300 exemplares